新谣诗

成路 著

陕西新华出版

太白文艺出版社·西安

图书在版编目（CIP）数据

新谣诗 / 成路著. -- 西安：太白文艺出版社，
2021.12（2023.6重印）
　　ISBN 978-7-5513-2134-1

　　Ⅰ. ①新… Ⅱ. ①成… Ⅲ. ①诗集－中国－当代
Ⅳ. ①I227

中国版本图书馆CIP数据核字（2021）第279754号

新谣诗
XIN YAO SHI

作　　者	成　路	
责任编辑	赵甲思	
封面设计	郑江迪	
版式设计	建明文化	
出版发行	太白文艺出版社	
经　　销	新华书店	
印　　刷	三河市同力彩印有限公司	
开　　本	880mm × 1230mm　1/32	
字　　数	96 千字	
印　　张	7.75	
版　　次	2021 年 12 月第 1 版	
印　　次	2023 年 6 月第 2 次印刷	
书　　号	ISBN 978-7-5513-2134-1	
定　　价	68.00 元	

　　成路，1968年6月生于陕西省洛川县石头街。灵性写作的探索者，编审，中国作家协会、中国文艺评论家协会会员。著有诗集、诗学理论、非虚构作品等12部。荣获第二届柳青文学奖、中国首届地域诗歌创作奖、第八届"中国·散文诗大奖"、2020年星星散文诗年度提名奖、鲁迅文学奖责任编辑奖状等。

目录

新谣诗

献词　　　　　　　　　　　004

歌头　　　　　　　　　　　005

第一支谣歌　　　　　　　　007

第二支谣歌　　　　　　　　011

第三支谣歌　　　　　　　　014

第四支谣歌　　　　　　　　019

第五支谣歌　　　　　　　　025

第六支谣歌　　　　　　　　029

结歌　　　　　　　　　　　034

传统的余荫

　　——关于《新谣诗》的写作说明　　035

心 祭

心祭 041

盐道短章 049

七日，或次仁罗布

第一日 061

第二日 063

第三日 065

第四日 067

第五日 069

第六日 072

第七日 074

写作，有时需要等待 075

二十一克红色

鸟不食 079

过火木 080

新年音乐会 081

口罩 082

青豆 083

打板 085

致谢陌生的人 086

梦里，也有…… 087

臆猜一位拾荒者的心理活动 088

观察生活 090

在白鹿原上，猜想一场游戏的结尾 091

坐在马路牙子上 092

午夜，不去睡觉的人说 094

单薄的心灵 095

偏执性头疼 097

太阳黑子也是玫瑰花 098

看眼睛 099

梦 100

等待诵课声声 101

六月份光芒中的冰，注定是一 102

各自回家 104

拍响教堂的大门 105

生日娃 106

借电影台词：看着镜子

——和崔完生《成路》意，兼赠一二朋友 107

站立的血液

    ——在太行山（一）   109

打开锈死的铁锁

    ——在太行山（二）   110

借春光，铸造一枚戒指

    ——在太行山（三）   111

暮光如刀子   112

去点灯，还是不去？   113

在津门   114

自己的影子   115

春天小号   116

白河县桥儿沟   119

清明诗   120

致死亡   121

存在，或者消失   123

我妈说：扬繁圪塂   124

睡眠   125

回顾记忆的电影   126

说诗   127

访客的叙述   128

药片   129

二十一克红色   130

谁的等待　　　　　　　　　　131

放蜂人　　　　　　　　　　　132

隐约之间　　　　　　　　　　133

影子潜逃时背诵的是什么教义?　134

陈旧的短句　　　　　　　　　135

"对罪孽无知"　　　　　　　136

请把心放宽　　　　　　　　　137

下一站　　　　　　　　　　　138

寓言　　　　　　　　　　　　139

渡板　　　　　　　　　　　　140

词旨　　　　　　　　　　　　141

推塌黎明　　　　　　　　　　142

"咕咕——苦"　　　　　　143

多余的想法　　　　　　　　　144

杀时间　　　　　　　　　　　145

深夜收到一份请柬　　　　　　146

镜像　　　　　　　　　　　　147

"抱歉"也是阴谋的一部分　　148

说者，听者……　　　　　　149

留下一丝颜面　　　　　　　　150

观看一场喜剧　　　　　　　　151

掰手指数数　　　　　　　　　152

视力之外的眼光　　　　　　153

我是筑墙的人　　　　　　　154

盛大的午场过后，我问……　155

如此长夜　　　　　　　　　156

盛接遥远的美好是件坏事情　157

图腾　　　　　　　　　　　158

没有独属的罪供你遗忘　　　159

"转艳"　　　　　　　　　　160

暴雨，杀手　　　　　　　　161

偷懒的邮差　　　　　　　　162

鲸落　　　　　　　　　　　163

邻居　　　　　　　　　　　164

七夕，岔气　　　　　　　　165

渐变　　　　　　　　　　　166

交换耳温　　　　　　　　　167

空幻——　　　　　　　　　168

等待处方药　　　　　　　　169

燎泡　　　　　　　　　　　170

雨夜谈论中秋月仅是象征　　171

在罗江大井村　　　　　　　172

五丁谷，五丁　　　　　　　173

血坟上的青草摇曳　　　　　174

"水退石头在"   175

范家院子   176

在泸州，等待春天   177

诗人啊，你的大船呢？   178

飞翔之幻   179

蔑视   180

丢失的现实   181

烤太阳   182

象征性地牵住裙角   183

我的孤门你何必敲响？   184

蹩鼓手   186

负利   187

初雪。黄河及河西岸   188

呢喃   189

烈士脸上诞生的水泡   190

"鸡娃子雪"   191

青衣，青衣

    ——题照片《孤独的旅者》   192

海石在玉化着   193

一些具体的事情   194

太阳从海里生长出来是嫩红的   195

枯雪   196

秋后的事情谁知道　　　　　　197

凤凰的翅膀　　　　　　　　　199

拉链里的卡通世界　　　　　　200

去大海或不远处的岸边　　　　201

惊蛰日　　　　　　　　　　　202

暮春的四月　　　　　　　　　203

向南或向北　　　　　　　　　204

立夏日的夜半，月亮冰冷　　　205

五月初五，在故乡　　　　　　206

这喊声，从此寂静　　　　　　207

地平线　　　　　　　　　　　208

接听电话　　　　　　　　　　209

雕塑泥　　　　　　　　　　　211

颂词（一）　　　　　　　　　212

颂词（二）　　　　　　　　　213

颂词（三）　　　　　　　　　214

颂词（四）　　　　　　　　　215

3 月 28 日。沙尘暴　　　　　216

窄巷（短诗剧）　　　　　　　217

按住痛点写诗

　　——关于《二十一克红色》的写作说明　226

新谣诗

献给

陕甘红军、陕甘革命根据地的创建者以及他们的后代!

人物：老艄公（精神象征）

游击队长（陕甘红军、陕甘革命根据地的英雄群体）

书匠，自称瞎子（传唱故事的人）

人儿（男叙述主人公）

女子（女叙述主人公）

一二（听故事的人，诗人）

献词

一

新年前，我告诉你的人民，陵园里是没有佩戴过勋章的骨殖。

新年前，我告诉你的人民，许多年以前的身躯和今天的灵魂萦绕在祖国和他国人民的大脑里，如此继续……

二

一盏马灯的光，从你腹部的弹孔穿过，天下亮了。

三

对你的一些不幸，我请出威廉·福克纳的话："过去永远不会死亡，它甚至还没有过去。"

歌头

一

寂静。

阳婆婆无声，眼翳在疯长。书匠坐在残城的马面上，看悬崖下面破冰的黄河水，如君临。

翳鸟儿伴在书匠旁。他看见流动的水、鼓动的风，全是静止。

他说，坐在这儿就心安。

他用鼻音哼唱：

巴颜喀拉的水，黄河滚滚的源。

游击队长的心，陕甘土地的魂。

苦难人儿的笑，甜过枣儿的味。

书匠，以手的记忆，在空旷的胸前弹着三弦琴。

起雾了。

阳婆婆的光芒，像萌生的红，带着大水，无声地汹涌着。

书匠似唱似说：拨动琴弦和上音，黄河上的船舱需要捻缝了。

雾携带着红，如帷幕。一二帮腔地填上衬词：听古今。

第一支谣歌

二

桃子烂了核还在,艄公累了唱曲儿:

腊月里的细毛毛风,刮破穷家的窗棂纸。

河岸边上的干石板,我家锅灶生不起火。

老艄公啊抱着桨板,老婆子啊泪水洗脸。

雇税所^①绑走的羊儿,今夜盛在谁的碗里。

唉。我摆渡过的"铰辫子"军说,没有了皇帝,天下为公了。

唉。辫子铰短了,畜税、猪税、洋烟税,驼捐、船捐、皮毛捐,多得就像土里的跳蚤,扑上身子炙烧心。

三

寒冬里艄公站村头,我瞎子拨弦和着声:

远处的唢呐响起了响起了,冻土里埋人插不起引魂幡;

---

① 雇税所:民国时期陕北地方上的征税机构名称。

007

跑壮丁的男人不敢哭出声，婆姨女子端碗清水祭献上。

天上刮大风下刀子黑煞煞，地上拷捐税拷肉票血淋淋；
黄河的冰凌子泛着铁青色，陕甘的地皮刮一层又一层。

人儿呀，瘠薄的地面站不定，走南路走北路，舍不得留下祖坟孤单单。

人儿呀，快刀斩河冰水在流，生我的我生的，根扎穿石头佛上了灯龛。

嘿，嘿嘿！（似哭似笑）

猫头鹰赶夜路，蝙蝠清扫尘气里埋下的贼冰。其实，猫头鹰是在为吃不上祭品的穷灵探寻去路。

四

就着星光，女子缓慢地铰掉祭台上父亲的一枚扣子，说：你的魂别憋着，出壳吧。

就着星光，女子抹着泪花花缝合祭台上父亲的衣袋，说：你别装债了，轻松地去别个世界，开荒种地吃饱肚子。

女子的祈词念得冬天雷声滚滚，佛塔裂缝。

五

佛塔上背阴的青苔没根长不高，穷人送财东迎军阀过不成光景；

干石头压在梁子上榨不出滴油，陕甘人的家舍不够一只公鸡驮。

唉，嗨呀！

女子嘴唇枯裂的口子上跑过狼群，哀嚎四野。

人儿在山岗上挣脱冷风和鬼交谈，月亮僵立。

狼和鬼占着黑夜，侵着白天。蝗虫飞来又飞走。眼泪冻结的冰盖使大地成了伶仃的孤儿。

六

星光沉重的影子压垮土墙上的柴门，隐没了。

旷野枯萎的花瓣随着骨头上的磷火，烧焦了。

陕甘穷人的脸颊让眼泪冲割成壕沟，变形了。

七

有那么一些人，裹着嶙峋的身子爬在土窝窝里刨食喂养瘦骨；

有那么一些人，携带着饥肠啸聚在山野里抢夺商贾充填饿腹。

"王法难犯，饥饿难当。"
没奶水呀娘安葬了婴孩，疲惫呀合上唱哀歌的嘴；
撩起一把尘土撒向天空，跺脚出村从此没有了家。

废墟是冻土上庞大的一部分，每处都有风干了的抽泣——来自仇恨头盖骨上的抽泣，在诅咒。

第二支谣歌

八

巫毒。巫毒。

哦，哦。

三九天过后就到四九天了，大雪结冰滑倒天上的乌云——一朵奔丧似的乌云路经女子的头顶，它来得有点招摇，也有点鲁莽。

女子嘴含石块当冰糖，站在岔口张望东和西；

想起舌尖递糖入你口，心儿魂儿乱麻跟走了。

哦，哦。

陕甘苍凉的大地上有枯骨流离失所，人儿呀，你去了哪里？

女子我站在戏台上用荒草扎的扫帚，扫下呀，县衙的谎言。

哦，哦。

黎明前的时辰最黑暗，手儿捧着黑，泪水石化了。

九

黑风还在不停地刮，树枝断了，碌碡跑了，人儿浑身是枷锁。艄公你把桨板放在碗沿上，我瞎子抽根马尾续上断弦——拨动弦，和上音：

女子胸骨上窝悬挂的桃木坠子，摆了几摆。
人儿刻写在木头上的谶语打滑，岁月泥淖。

嗨，有那么一扇门在泥淖的某处等待着推开的手。
嗨，有那么一锭红在荒原的额眉蓄藏着引燃的火。

山岗上的积雪已经不再瓷白，在慢慢地变成藏青。
阳坡上孤独的蜡梅顶破寒风，枝条半是黄半是紫。

嗨，女子拔起山水编织栅栏，为回家的路留下标志。
嗨，人儿操持钟槌击破冰盖，督促种子在河山萌生。

十

桨板上的豁口在喊：结冰的黄河泛着亮色，未来的激流潜在河面下边。

盛满清水的碗在喊：十冬腊月子时冻结实，碗里的冰北边高北方丰收。

　　艄公听着吃饭的家什在吵吵，他对暗夜说：结束了，又开始了，都在创造着故事。

第三支谣歌

十一

嗨，咿呀呼嗨。

持续的夜里，有硪歌唱起，有石硪夯地的声音传来，隐隐地。

大地眼眶涨满的泪水，激越地清除铁锈，腐蚀坏灵魂的锈斑；

黄河艄公摇动的篙橹，拨开冰凌抢滩涂，摆渡青年往来东西。

嗨，咿呀呼嗨。

青年呀，引唱硪歌：用齐力，看脚底！

众人呀，和声唱起：嗨、嗨，砸下去，砸下去！

岔口杵立的女子，看见硪石声摇醒的噩梦，送走夜晚的暗。暗走得有点缓慢。

十二

三里半外的三弦声传来——

四方流浪就像刮野鬼，路边安营扎寨一人盛^①；

土匪官兵轮流搜我身，讨要的吃喝抢劫空了。

忽听急促的马蹄停下来，马背上的人儿弯腰送我鞋
和钱；

鞋子是一双钱嘛就四块，掏出藏在琴鼓里的火柴三
盒半；

瞎子虽穷呀礼数可要有，这点点轻薄的回赠谢过大
恩情。

马蹄腾空浪滚浪，我呀，记住你的声音想象你的人样子；

山野广袤在等谁？你呀，身旁的人儿喊的是游击队长。

瞎子我按住热莽的心儿，手卷喇叭说天下的灵魂；

善良的人儿长久地沉默，给祸害的恶搭了把梯子。

队长你拿火柴点燃火把，烧焦死寂的天空映红光；

瞎子背上传单走村过镇，拨动琴弦讨要穷命的价。

---

① 一人盛：方言，居住、生活。

变奏·I

暖阳里，晨雾在消退，就像舞台上帷幕升起。

一二的手做飞翔的翅膀状，在书匠面前穿行着——

嗨，嗨——

书匠的声音就是一根大粗绳，绳头子牵在游击队长的手掌里，拉响了旧时代湮灭的警铃铃。

嗨，嗨——

书匠手卷的喇叭响声洪大，带着游击队长的灵魂，说人儿：

"我原来把你当成个朽木墩墩，谁知道你是埋在财东家土里的金钟钟。现在解放出来，让你这金钟钟升在空中，有光有亮有声有响。"

嗨，嗨——

书匠过了冬天接春天，几年后的七月十五日，坐在杨家岭的大礼堂把这段书说给领袖听，引出他们的热眼泪。

十三

凌洪如一条快跑的山脉，碾压而来。

峰巅上欲翔的昆仑鹰隼，俯瞰苍茫。

艄公盯视着歌唱的喉头，溢满山涧。

——红雪莲浸润过的雪融水，奔腾在早春的黄河里；

——逆水扳船吼唱齐力曲子，混响在游击队号令里。

十四

三月里，阳坡的桃花怒放，背坡的寒冰未解开；

女子我，骨头散架拾起来，可心儿孤凄怎烧熬。

风捎话，人儿翻耕旧尘插旗帜。

问鹰隼，女子眼睑污秽谁揩净？

听——远处传来耳语——遮盖过船夫曲，遮盖过碱

歌声——

暗夜里我没来，你试着不再期盼来；

日月伤透了心，天地就像一座冰牢。

冬夜里抢狼的口粮，血溅在石崖上；

蜷缩在荒坟的左旁，想着长对翅膀。

眼神忧伤，有小鸟儿盘旋在周边；
冻土当镜，四根麻秆扎轿接女子。

黄河上起风声，原野的拱门开；
脑顶跑过骏马，时世塑造主角。

走过拱门扇，脚下的土地在燃烧；
山岗上擂鼓，警惕咬上军阀的钩。

第四支谣歌

十五

艄公摇桨，过缓滩、过急滩、过险滩、过鬼门滩，补上塌陷的苍穹，擦干黄河的泪水，掏出铃铛在风中代替灵魂的口舌：丁零零，丁零零——

火镰打火石，引燃艾蒿的嫩叶子；

青年引碛歌，拍响穷人的心门口。

和声唱起——

青年游击队长两眉间，流过大河大江水湾下几座山；

眉毛好似两片黑森林，掩护的眼睛就是两座深龙潭；

龙潭水深恰如脑海洋，破天胆乘艨艟把赤旗展天下。

姑娘和声——

青年游击队长两道眉，像大雁的翅膀翱翔在天空；

眉宇间有松风和水月，我在你眉中去砍柴去划船；

北斗七星闪烁在夜空，唱你的歌子来势大如海潮。

众声起——

青年游击队长的眼眉毛，在河山的碎片之间搭起一座桥。
这桥啊，遥远、浴血，在三邻四舍的饭碗能盛满之前，遥远、
浴血。

十六

流云里驻扎的太阳，是万物的情人；
焐暖寒窑窗口的手，是饥饿的伙伴。

这手，在陕甘瘠薄的地面上，收拾时间里的污垢和邪恶；
这手，聚拢石头垒在峁梁上，照看着茫茫黑夜里的行旅。

这手，拍了一拍，掌声贴着大地走进了千万扇门，与
他——他们——我们，点燃一堆堆篝火——烈马驮着的焰火。
这手，拍了几拍，寻饭吃的男子放下军阀的饷，财东的
银，啸聚山林的窝，[1]与他——他们——我们的游击英雄牺牲、

---

[1] 冯文江：《刘志丹主持陕北特委会议》，《陕西党史资料通讯》1984
年第6期。1929年春末或夏初，中共陕北特委第二次扩大会议上，刘志
丹提出：搞武装斗争要采取白色的（深入白军中开展争取工作）、灰色
的（派人争取土匪工作）、红色的（建立工农革命武装）三种形式的革
命模式。

洒血、丢下肢体，然后朝向葵花的金黄微笑。

十七

快枪手的子弹留下弧线的痕迹，证明世界的暴戾；

青石搭起的庙宇在黄河岸飘零，很像时代的祭品。

游击队长拿起紫蔷薇编织模具，引导恐惧的记忆穿过窄门；

善良斗争大邪恶修造了三孔窟①，如此为民国衙门敲起丧钟。

谁是敲钟人，谁？

三弦琴疾风骤雨，两条粗壮的臂膀簇拥着大路上奔跑的人群（战士），他——他们——我们攥着敲钟槌。

沸腾，如刮起飓风的海。

---

① 1933 年 11 月，陕甘边区特委和红军临时总指挥部党政军干部联席会议决定：陕甘边界划分三个游击战略区开创"工农武装割据"，被喻成"狡兔三窟"。毛泽东赞扬说，刘志丹用"狡兔三窟"的办法建立根据地，很高明。（《毛泽东选集》，人民出版社，1991 年版）

十八

三弦琴声止，书匠的碎语就像布谷鸟的鸣叫凄厉洪亮：

我想梦见贫穷乡邻血液洗净的天空，飘荡白云；
我看见了收租子和税捐的财东管家，手提血刃。

乡邻呀，涤荡山脉皱裂伤口的脓包，众人聚力；
乡邻呀，草莽单力守着干涸的尘世，仅能剩骨。

一把骨头一把泪，泪丝挂在半天上绑凤凰；
一个穷人一条命，太阳底下的命儿有台阶。

咿，嗨嗨……
财东和军阀就像两条猥琐的肥虫子，在阴暗的墙角蛄蛹
着，有时也合谋着剥削的檄文。

咿，嗨嗨……
游击队长的马蹄踏破苍穹下的冻土，请出满天下乡邻的
手，抖搂开坏虫子偷蚀的心眼。

十九

黄河的浪涛滚过船，艄公骄傲的号子从一个人的肩膀上飘移到众多人的肩膀上。

肩膀在大野上扛山，火烧的爆发力在日月里持续溢出使陈旧的地壳碎裂成砾片。

肩膀背负着壮纤绳，跋涉在这边是生命那边是死亡的缝隙里塑造着一颗新太阳。

变奏·Ⅱ

暖阳跳出地平线，山峰和燃烧的蓝向纵深扩大，舞台在扩大。

帷幕后传出一二的旁白：我的眼睛[1]在黄河岸上看见了"为穷人利益服务方面达到了第一无二的纪录"[2]——

土鼓舒缓地敲响了，一槌，一槌……

尘芥里的人儿站起来，踩碎了侵蚀皮肤骨髓头脑的鬼命符。

鼓声疾驰地追着鼓声，急乎乎……

地契卖儿卖女生死契，惨白结冰的血泪在火盆里化成灰烬。

---

[1] 诗里人物之一书匠是半盲人，这里强调"我的眼睛"是有意味的。

[2] ［美］马克·塞尔登：《革命中的中国：延安道路》，社会科学文献出版社，2002年3月第1版。

鼓声里女子扯开嗓子，喊东山喊西山……

结茧的手掌捂着青苗，种庄稼不再交租子的土地我的土地。

鼓声唢呐声三弦琴声，和着人声……

世事颠倒颠了颠倒颠，人儿举着旗帜埋葬了财东家的牌位子。从此，你的生活你主宰，我的家舍我管着。

第五支谣歌

二十

咿，呀呀……

天空灌满了铅熔水，云朵咬住了山谷底；

透气寻不下个口子，队伍的脚步向哪儿？

咿，呀呀……

一个老哨兵在宽阔的黄河上高声唱起欲望的歌谣；

一个老哨兵伏在袍泽的血泊里等待着火把长绿芽。

嗨，咿呀呼嗨——

游击队长的脸，就像贺兰山上磨刻的岩画在暗夜里有
着光；

艄公竖耳倾听，斧子劈山岗的破裂声及以远灵魂的咆
哮声。

插赤旗的人儿，如同火山口漫溢的炙热岩浆涌向四野
河山；

纳鞋底的女子，在村镇的大场上向瓦罐里点种下一粒
豆子。①

瞭望庄稼拔节的花眼睛，看见瓦罐里生出新土壤；
陕甘穷人扛坟墓的肩膀，夯实了江河堤坝的基石。

二十一

游击队员骑着马儿填补破损的时间，雪落大地擢升
阳气；
巧手村妇穿针引线绣出峰峦的原型，孩童脸颊紧贴蒙训。

马蹄踏过黄河划定苏维埃的境域，纤夫的舌头如槌粉碎
独裁的债务；
喜鹊喙衔艾草构筑边区的红匾额，农民的手掌坚如利刃
剔除旧病灶。

铁匠打镰刀砧子上火星溅向四野，炊烟集结好似报喜鸟
的方阵队列；

———————————

① 1934年11月4日，陕甘边区工农兵代表大会的代表把豆子投进不同
的瓦罐里，选出陕甘边区苏维埃政府、陕甘边区革命军事委员会组成人
员。"豆选"，从此成了陇东和陕北方言里的一个新名词。

一粒种子下地万粒势力旺盛生长，人儿牵着女子的手健
康地阔步走。

二十二

艄公和书匠，看着熊熊绿色烈焰，说：

旧时光在废纸上的标注被骨灰和尘埃覆盖，黄河里的鲤
鱼已经跃过门额，创造着新的生活——如同游击英雄，一支
枪、一颗心、一面旗创造着前进的路线——巨大的锦缎，有
百花的温煦飘落天下，明蓝悠远……

变奏·Ⅲ

群峰之巅，帷幕敞开，时间的疾风伴着曲子，撩拨一二的
心弦。他继续旁白：我的眼睛在江山上看见了"为穷人利益服
务方面达到了第一无二的纪录"——

宽慈坚忍者来到海边，弯腰拔掉鱼塘的栅栏迎接洋流
季风；

凯旋之后的土地结痂，深翻心灵的土壤给万物再次赋出形。

合唱的光芒拂净尘芥，站起的人儿携着女子耕耘养育
建舍；

睡梦里修筑钢铁轨道，村镇小站拉牛的肩膀背着商贾褡裢。

黄河艄公领唱石硪歌，桃仁杏仁芝麻仁，糜子谷子五谷子，羊儿牛儿生灵儿，繁殖在阔大的土地上。

书匠和着石硪的歌声，山岗的雪融化了，板结的地松软了，海洋的浪涛巨大，七色花样绣在苍穹上。

第六支谣歌

二十三

　　三弦琴，一把、两把、三把，在村镇间呼应弹奏，琴音如游击队的脚步，如黄河的浪峰……

　　一弦琴音一张嘴，众人嘴上挂着游击队；

　　纵横跃进千余里，拔寨破城隆起厚脊梁；

　　健如鹰，啄食山岳上盘踞的恶虎恶狼恶犬老鼠和臭虫。

　　游击队长反穿长皮袄，赶驴卖碗抛下一个饵；

　　暗哨推演着准星方位，清缴坏账本上的仇虐；

　　"战友在山脊旁""不知他的名""他是战友""相互交叉着打冲锋"。

　　蘑菇云一朵一朵天上飘，游击队一计一谋巧来施；

　　调遣涉水过河攀爬山岗，疲惫你三日吃不上口饭；

　　敌军呀，你骑高头大马游击队山上绕，一名战士抵挡你的十五兵。

游击队呼号着推倒死亡的墙壁，死亡沦陷了；

弹药燃烧的灰烬落在烈士身上，灰烬塑成碑；

创造者，锉磨的钥匙打开了一层一层双目失明的枯窖
生活。

战争的歌声就地升起来，这是胜利的节奏和着拍；

英雄攻破六座县城的门，肩膀扛的火炮打下飞机；

如此，游击队整编的军团大踏步地向前挺进，红旗火焰
尽染陕甘地面。

二十四

人儿和女子齐声喊：一二，把天空的枷锁抬起扔在了
角落；

鸽子脚上系的哨子：嘤嘤，把这片土地上的信息传向
遥远。

——游击队长解开的衣衫焐热了冻结血液的寒冷
日头。①

——子弹挖掘的新墓坑等待着为拉开枪栓的手指
入殓。

---

① "冻结血液的寒冷"，鲍勃·迪伦句。日头：陕北方言，太阳。

——计算粮食的斗轮转在村镇抹平了灵魂诞生下法典。

咿，嗨嗨，秤杆上铆了铜星，人心知了斤又知了两；
咿，嗨嗨，盐碱地上长庄稼，万物的力量得到新生。

二十五

燧石引火，草芯点燃了灯盏灶膛及节庆的炭塔 ①；
理想播种，曙光照看着笑声在歌舞的广场燃烧。

是呀，人儿守卫着苏维埃耕种着红军田在欢笑；
是呀，女子参加着扫盲队编织着干粮袋在欢笑。

笑得葱茏，这笑从战士的身子替代旗杆的喋血里缓慢
地来；
笑得妩媚，这笑从太阳的泪水滴落在大地手背上稳稳
地来。

笑，有理由地笑，这世界开始如此壮美。就是这样。

---

① 炭塔：陕北人节庆时，用炭（煤）垒成塔状燃烧。

变奏·Ⅳ

江、河、大海与帷幕奔腾，时间的疾风吹响手号。一二再续旁白：我的眼睛在国土上看见了"为穷人利益服务方面达到了第一无二的纪录"，请出书匠——

瞎子拨弦打镲嘣嘣响，根脉的大藤上滚淌着红色的重诺言；

祖国天空下的人民啊，出家门入家门额头上泛着尊严红光；

站直了的受苦身子呀，盐巴银圆放置在粮仓近旁轻唱谣曲。

生命册页赓续新页码——

乌蒙山区低温歉收断炊烟，仅有枯干骨架支撑着脑袋；

大娘双手遮住裸胸脸羞涩，大爷唉声责怪自己不争气；

急告电文要啃这颗顽石豆，急促的警钟催生出翻身粮。[1]

生命册页赓续新页码——

沃野上脚紧跟着脚，是在征程，是在瑶踏出盛大的玫瑰

---

[1] 1985年6月，新华社记者在内参刊物《国内动态清样》以《赫章县有一万二千多户农民断粮，少数民族十分困难却无一人埋怨国家》为题报道了赫章县海雀村的贫苦状况后，时任中共中央政治局委员、中央书记处书记习仲勋同志作出重要批示。同年7月，时任贵州省委书记胡锦涛同志到赫章县视察调研，之后，亲自倡导报经国务院批准建立了毕节"开发扶贫、生态建设"试验区。

花环；

清晨或者傍晚奔跑，和着曲子，和着游击队长哼唱的大套曲；

山水叙述小康征途，众人的手，合力八载拔净深度贫困堡垒。

石硪歌起——

一双手，两双手，三双手，大家的手，拔净、拔净，拔净亿万贫困堡垒。

众声和起——

愚公移了山，人民摘了贫困帽，新时代，新振兴，殷实获得幸福唱凯歌。

结歌

二十六

正午，帷幕隐退，大地回归本真。书匠收起三弦琴，以沧桑的口齿清晰地诵出——

艄公呀，鹰隼呀，迎接新年的暖阳是滚烫的，陕甘大地的眼泪是滚烫的。

艄公呀，鹰隼呀，世纪的灵魂绵延在人儿心，游击队长的额头塑起穹窿。

艄公呀，鹰隼呀，这儿的春天习惯刮西北风，裹挟的血色尘埃肥沃祖国。

一二帮腔旁白：地平线橘红一片，这幕古今接续启……

传统的余荫

——关于《新谣诗》的写作说明

2012年7月开始，为完成写作任务，我较为系统地梳理了陕甘红军、陕甘革命根据地的史料。革命先辈们为民众舍身、忘我、牺牲，为理想在恐怖中浴血前进，常使我眼睛湿润。故此，作为一名生活在陕甘地区的诗人，有义务为他们写首颂诗。

这些革命者是人民的英雄，写颂诗如何依附于人民？我折腾着自己的诗心，如此多年。在革命者之一的刘志丹的诞辰——10月4日，我在回老家的长途大巴上瞭望窗外，远处山上戴一顶红军帽奔跑着"吆牛"的农民（吆牛是有吆牛歌的，距离和喧嚣让我没能听清楚），使我感知到了"传统的余荫"——陕北说唱音乐（这里要饶舌一下，现在人们习惯上称之为陕北民歌的，其实仅是信天游一种而已，是把劳动号子、秧歌、小调等忽略后的狭义称谓）。由此，这首诗的写作方法明晰了起来。

从唱词学上讲，陕北说唱音乐（说书和民歌）大多是以口传节奏、运用比兴表现手法的"二进位"模式，韵脚为方言韵。那么如何从中汲取营养呢？方言是美的，但在当下语境里方言正在丢失，如果坚持使用方言写作，势必会造成一定程度上的阅读障碍；以普通话韵脚写作，又会违背陕北说唱音乐的体制，故我决定放弃韵脚的强制性，借用比兴传统和口传节奏，以表达需要"进位"多样、调动现代诗意象、对语言进行散化处理构成写作这首诗的策略。

《新谣诗》是一首以陕甘红军、陕甘革命根据地的创建为叙述线索的战争题材诗。今天写过往的战争，我认为不再需要叙述打过什么战役、怎么打的、牺牲了谁、谁和谁如何拼搏，而应当探寻这些英雄的灵魂安在，英雄精神及其繁衍、继承。带着这个思路，我访问了他们的同代幸存者、他们的后代以及研究他们的学者。最打动我的是陕甘地区的农村村民在口述故事时的表情和容颜——陈旧故事（八九十年了，是很久远了）被他们讲得就像是刚刚发生的一样，泪珠和笑容交替挂在他们的脸上。这不就是民谣吗？以此为基础，我把它发展成诗，新的谣诗。我写作，是在代替讲故事的人写作。

中国共产党人精神的一脉是相统一的。考察陕甘红军、陕甘革命根据地生成的精神，就是考察美国人马克·塞尔登对中国战时根据地研究后，所著《革命中的中国：延安道路》中表达的"延安道路对中国在革命变革和社会进步的理论和实践中所做出的土生土长的贡献"，他还表述了陕甘党在"为穷人利益服务方面达到了第一无二的纪录"。基于此，我在诗里写下了四节"变奏"——翻起身、站起来、富起来、强起来，是为了在同一主题下演变出百年的奋斗初心——赓续共产党人在"为穷人利益服务方面达到了第一无二的纪录"的精神。

2020 年 12 月 30 日

延安市为民服务中心 7-A600

心 祭

献给

纪念碑上有名字和没有名字的英魂!

心祭

一

清明已过。白团花正在开放

赣南，黔地的岭、山、江、河、坝地、寨子，与浓雾纠
缠，隐与显都是瞬间的事情

恰在此时，我置身其中，把纷乱的万物推向旷野以远

恰在此时，我摊开双手给灵魂一方出口，心祭典礼由此
开始

二

还是请出红

这革命的、炙烈的色彩，与我并肩低首

雨水后的浮光，像沸腾的水银，像烧透乌云的烛火

幻化成队列

和着天籁的律动，夯打土地

这光，又是谁铸的火盆？

我唯能从口袋里掏出一把谷物的种子撒进去

籽粒噼啪作响。我，默诵祭文——

三

红黄织锦的牺牲带^①悬挂在半空，等待着颈项

四月

大地上的植物翠绿、黛绿、黄绿，枯草堆返青的嫩绿

如此八十年，如此带着血生长，而颈项呢？

梅雨季的雨水侵蚀的山石，薄如刃

把时间割开

一角钱，或者两角钱；买盐巴的钱，或者买棺材

的钱

还有姑娘置办嫁妆的钱

凝结成塔^②。塔已重建，而颈项呢？

---

① 牺牲带：红军战士识别带的又称。

② 叶坪红军烈士纪念塔——第一座中国工农红军纪念塔，1933 年苏区军民
全资募捐修建而成。1934 年 10 月，红军主力长征后被国民党军队拆毁，
群众把刻有"烈"字的碑石抬回家隐藏起来，一直珍藏到中华人民共和
国成立。

一只鹰，从远方来的孤鹰

用喙叩击碑石，一下，一下

我看见鹰喙的血，如清水，如蒸馏过的清水

浸润过往年代创口的结痂

我，晚生者

隔着展柜的玻璃猜想这腐朽的榆木枪托，锈蚀的铸铁
枪栓

以及安静地躺着的马尾炸弹

是从谁的手中，或者肩膀上遗落下来

可是，展柜像机密袋子，把它们，连同它们主人的体温
藏匿了起来

还好，老房子的门心纸①还在

倚着门框，听风中门心纸的响动——祈福、祈吉祥、祈
平安引子的老妇人

已成口传的经。我是听经人

——五件大袄。五个孩子穿上红军军服时换下来的大袄

大袄已经渗凉，大袄温暖过的骨血在纳袄人之前已入土

———————————————

① 门心纸：赣南地区有在门额上贴红色字符的民俗。

——一块石头，一块在杀戮时轰倒的塔上的石头

石头上的"烈"字，成为记号，使旗帜，在飘扬时滴下
陷入往昔的血液

四

孤鹰栖在我的肩上。它带着光

三一一〇

我背诵着在展览馆里遇见的编号①，奔波在村寨寻找它
的持有者

其实，我是在打问战士乳牙吃过的奶

这个时候，请苍茫的大雾弥漫山岭

使我敲开的每一扇门都是第一扇

使我有勇气敲开另一扇门

三一一〇之前，或者之后的编号

在民间，也许奉祀，也许肥土

我，接力过这些编号，传给孤鹰，传给光

---

① "苏区红军家属优待证"的编号。

五

在赣南，我学会一个词——报告

报告——

战况报告牺牲人员的花名册中，不包含未登记的新战士

阻击、突击

这些尸骨叠加的名词，这些记载在史典的名词

在与时间角力

而我，深翻土地

翻出血的骨头，提问：你们叫什么名字？

干吗要问呢？

快用土掩埋土，留下宁静的广袤大野

报告——

这位，还有这位烈士没有遗像，也没有人能够描述清楚

他们的容貌

纪念碑上一枚，又一枚党徽

嵌在指战员遗像的位置上。黑白色的党徽像吻痕

在山麓，我仰望

吻痕迷人。也看见一条路的肌理

这时，我向孤鹰叮咛

你在这里值守，或者贴着吻痕石化

报告——

天空蓝中飘移的云丝，像骨灰。取其一点，经过我的身

子落在大地上，给无名烈士、无遗像烈士穿衣戴帽

六

坐下，坐下

在后梦冲口，在八舟河岸观察一座旧木桥①。风从桥上

碾过，发出吱呀的声响，像急行军的脚步声

当然，也能听见——

侗寨火塘旁的手鼓声、芦笙声、无伴奏的大歌声

_____

① 1934 年 12 月下旬，红军长征路经黎平县少寨后梦冲，当地群众为红军

　搭建了此桥，故名黎平少寨红军桥。

这些声响，像号音，像摔碎酒碗声

是迎接，还是送行的仪式

我唯能摁着侗家女送的花带，送亲人的花带，屏气静听

七

是，我是听众里的掉队者

在大山峻岭的青杠坡①谷地，和退役的加农炮、坦克、

飞机交流——

而它们冷眼看着我。这冷，犹如极地刺骨的风

我又说，伙计们，一起向山坡行注目礼吧！

那里，曾经蓄满了血水，几万人的血水混在一起

肥沃今晨升起的太阳

此时，加农炮、坦克、飞机生出神秘的反光

---

① 青杠坡：1935年1月24日至29日，遵义会议后毛泽东指挥打第一仗之地，
  这一仗是四渡赤水的发端之役。

八

土城惠民街 105 号，门紧闭

我要求自己，站在盐返潮的石条上，规劝赤水河的惊涛
骇浪声回到河里去

这里，有八十年前休息的战友需要安静

我也知道，河岸旁的套船坑、拴船的象鼻子
不能把涛声囚管

那么，恳请路经此地的人，分出一点灵魂
和盐结晶成剔透的光。把光交给每年都要盛开的赤桐花

九

花，开在辽阔的疆土上

在此，我在此
把赤水河扶直，点燃它，为我悼祭的灵照亮

2016 年 5 月 8 日

盐道短章

这组短章，是以上古盐都巫咸国（"虞夏之时，巫国以盐业兴。"——《华阳国志》）遗址宁厂古镇和纵横渝、陕、鄂边区数千里的古盐道为文化背景，取大巴山脉腹地镇坪县153公里盐道为主要材料。

盐背子、咸鸟，是盐夫的别称。

——题记

一

秋阳、荒草，以及石条桥面上的枯苔

把时间拆散

使后来者，侧耳，听一些散乱的脚步声，听戈刃的磨砺声

而时间的缝隙里，隐约

有唤为"盐背子"的人，一个接着一个，来，又去……

二

这时，请坐下来

面对甲骨文，猜测图语。其实后来者，仅需熟记先生们
的阐释——

西：巴地先民烧煮盐的陶罐；东：楚地盛米的布袋子

我们端坐的这座桥

载米易盐。当然，也可以和"盐背子"打个照面

看"驮粮东来，驮盐东去"的喧嚣

而錞于的妙音正从南边升起

三

錞于的妙音，是和盐烟一起

从遗留下巨型木桶、炉室、盐锅的大宁镇升起

当然，镇子旁的大地深处，还有

煮盐的陶罐碎片、盐腌制过的鱼骸骨，在确证着

巫咸国开始那天和结束那天之间

有盛大的祈祀仪式，把咸鸟在四方的道口恭送，或者
恭迎

四

咸鸟，咸鸟

巴人的行盐脚夫呵，用汗水和血液包裹的脚板

踏开高出云表的山峰

峰顶的风，是以雪合金的刀子，吞噬着盐背子的血

五

血在风里结的痂，铸成碑，供时间销蚀

可分明有白鹿，朝向血痂滴泪

相传——

白鹿酌泉知味，奉泉煎盐与巴域之族主

从此，有子民相聚背负盐块买卖

白鹿的泪滴，像散落在大地上的念珠

覆盖盐渍没能埋葬的盐夫的骨殖

六

骨殖、血痂和崖石上的栈孔

引导行旅者

站直了，目光逆水向上，或者顺水向下

迎接盐卤淹没过来

也有青盐的光芒，把尘土照耀成了天堂

七

这时候，应该有火焰

祭祀的火焰，千座盐灶的火焰

火焰的波涛，推动山峦，推动神的祭坛

也许，这是巫咸国的尊主

旋转世界，在燃烧自己的血液中旋转世界

八

栈孔在峭壁上依次排列展开

像结队的眼睛，杀死一个又一个时代

又像活着的、死亡的灵魂，孤悬

行旅者、虚拟横木和竹管

倾听白鹿盐泉的水呼啸奔来

九

盐水溅起，如花盛开

昔日的纤夫号子与岸石相撞，激越如经，诵给花朵

经起经止，在瞬间

岸石固守在瞬间的内部，记起

纤夫的膝盖血淋淋，像引魂的幡竿，亦像太阳

十

像太阳的红光，在盐水上跳跃

如千万只手掌

抚摸来过这里的：

官吏、盐背子、商贾、煮盐工，以及投掷短剑的勇士

可行旅者，在红光里看见地狱的门廊

十一

重新开始，红光的尽头依稀有人

在水的荒漠上，把身体叠加在另一个身体上

填补山涧

如此这般，留有身体余温的桥，像两座山的唇聚合
使栈道通向栈道

十二

假如，在树叶开始腐烂的石桥上，把镜头推移进记忆里

——盐背子，盐袋子歪斜着倚靠着，壮观的古青色
——撒落的盐粒，密实地凝结成重生的图符

桥下的陶船，藏青色的帆，和水面腾起的云
唱着石头光芒的歌谣，穿越石头的生门

十三

狭小的天体，有一点游丝般的云
像门额上正在风化的浮雕

而门廊，空空。古旧的脚步带走了多少秘密
留下的巨大印记

此刻的空，就像不朽岁月的边纹
搭建标志碑

十四

行旅者，仰望万仞岩壁

攀升的石砭道，如繁衍的翅膀，带着时间跃翔

石砭道上的小窟穴，就是龛

供奉盐背子肮脏的汗臭和不洁的脚板

而谁，在窟穴门前悬挂的红布，已经撕裂成幡，飘荡

等谁，诵唱经卷

十五

山底有孤零的房舍，是酒肆，或许是驿站

用眼睛询问，得到的也许是石匠开凿栈孔的声涛

眼睛里即时有手

一双，一双，捶砸着石头。铁錾像锁匙

打开火门

其实房舍里，有个妇人，也许是孩童，等着隔门看火

十六

季节火，在树干上蔓延，一波推着一波
绿焰，至于秋

不，绿焰埋伏了下来，像老虎，像白豹
蹲守日月合拢眼睑的时辰，和枯骨一起成长

黄树叶、风席卷过栈道，空茫茫
道的基石，像旧时的银钱，长出苔藓，肥沃成长的枯骨

十七

一棵树，或者任意几棵树，躺下
开始从左岸向右岸生长

这些经年湿漉漉的树，把打滑、疾驰、拐跛的脚掌
送给生活，也送给死亡

树身上有一孔马蹄踩下的洞，隐暗的洞
成了莲花种子孕育的床。这个秘密
被初潮少女在寒冬窥见

十八

岩壁上的楔子，像在诉讼一桩公案

举着石板——诉状的册页，供将要沉下的光芒审查

当然，册页上

有初潮少女抬起头，希望看见男子的影子，已经象征化

的影子

当然，册页上

没有记载那个男子——盐背子不知道这座山的悲喜剧

当然，册页也不会成为主诉

告诉光芒，自己就是悲苦人行盐的栈道

十九

云表之外的峰巅上，有一位咸鸟，抬头背诵——

石砭道、石垒道、栈道、槽道、栈桥、青石阶梯……

这些名词，自咸鸟口中诵出，像是乐句

从元音发声，音域宽如海面

这一乐句，在季节变白、变红、变黄、变褐的深渊中

飞翔

　　折返成多声部重奏曲——无休止地演唱，直至吵醒巫咸
国君主

2018 年 4 月 17

七日，或次仁罗布

献给

藏地给予我心灵扶助的物象!

第一日

7月26日，格尔木—托拉海子—格尔木市河西农场三团—察尔汗盐湖。S303，转柳格高速。

一

托拉海子的海水已经远游，留下盐碱的硬壳，等待

如我这样的闯入者踏破，发出好听的声音。这声，引导我走向沙地。

好吧，仰起头，眼光沿着沙脊向上。

胡杨树的遗骸、枯枝、不很茂盛的枝条，昆仑山，太阳黑子，依次纵深。

我贪婪地想用相机让此刻永恒。我跪在沙坡。

取景框里银灰质的光，像一群人，挣脱恐怖后微笑着从胡杨树遗骸里走出，又像过往的炽焰焚燃未来。

二

诗人陈劲松说，胡杨树的叶子有九种形状，是九种树的生命。

我数叶子，数出了第十种——察尔汗湖里采盐的舟。

这叶舟啊，载有上古的歌谣，载有卤水的毒。

卤水在沙子中生成巧克力色的盐花，在深海里生成洁白的盐花。花朵盛开，为太阳黑子遮阴。谁是持花的人？

三

有的毒黏在手上，是清洗不掉的，如梦境中的恶。

我坐在昆仑山下乘着鹰翅的阴凉睡着了，续接十年前失手致人死亡、藏证据、逃匿的旧梦。一支庞大的家族团在搜寻物证，我也参与其中。他们打开一只装满铁尺的箱子，说，其中一把尺子上肯定有车轮痕印和血的斑点。我劝告家族团，这些证据已经失效，去别的地方寻找新的吧。其实我知道，这箱子里的某件物品上有我的一枚手纹。

鹰说，这枚手纹上有卤水的毒。

第二日

7月27日，昆仑山南山口乃吉沟大队检查站—纳赤台—西大滩—昆仑山垭口—可可西里—格尔木。G109，转青藏铁路Z6801。

四

千万朵云，如千万条海浪，从山峰背后卷起来。我与低空飞行的鹰，并行在昆仑山一百九十公里的峰谷里。

我知道，这是鹰在腹腔里积存氧，恒久地去翱翔天空的修行。

鹰头顶着风化的流沙，或者雪，或者冻土，俯视古生海床，以及海床上坐化的道士。当然，也给道士传递经文。

而侧旁，冻土上羸弱的草、羸弱的花，引导着傲慢的人儿低首，在冰雪水里看清楚自己肮脏的容颜。

而侧旁，海拔四千七百六十八米的阶梯上有孤庙，是否留给我之外的哪位圣人布道？

五

一只苍蝇落在我手背上的时候——

两只待产的藏羚羊从可可西里的东面向西行走，拉着架子车朝圣的一家老幼磕着长头从我背后经过，哼唱曲子的背包客和着远方火车的汽笛声，看着苍蝇发呆。

我，只好缓慢地把手和苍蝇挪到头顶，给以光，或者把此刻心里仅存的肃穆，献给昆仑山北坡西大滩六月的祭坛。

第三日

7月28日，火车上，经那曲草原—拉萨。

六

五点钟刚过，黑牦牛如裂口的豆粒，在草甸子上撑开天。

我在列车窗口朝东方望去，逆光中，大地的黑与太阳涂染的光正好形成鲜明的色差，添加了旅人探进去的神秘。

远山衔接的云是乌云，黑沉沉地向上铺展，突然一道金光插入其中，再向上就是淡白色的云了。在这些丰富的云团中，偶尔会有一片纯蓝的天露出来，像一扇门——会有神走出来的门。如若有神走出来，那会是掌管什么的神呢？

牦牛，依然只管吃草，偶尔也抬头盯视躲在窗后的窥视者，也许仅是抬头……

七

拉萨河的水和岸几乎是平的，湍急地流着。

作家次仁罗布①委托两位姑娘，献给我和我的朋友贺黄

_____

① 次仁罗布：藏语，指长寿宝贝。

生的哈达，在吹过紫色格桑花的风中飘起，我视哈达如拉萨河。

八

鸽子，在布达拉宫广场啄食，在藏袍里安睡。手持念珠，或右手举于胸前的信使口诵经文。我听不懂经文，唯能在大雨中抬头，以退伍军人的方式对朱红和雪白的圣殿行注目礼。

大雨夜，借宿的房间里有一盏长明灯。这是主人给我的护佑，也在半夜把我喊醒——

"嗨，抬起头看窗外，你对面的那面蓝色经幡，它是夜的打祭神。"

"嗨，经幡褪色了，泛的白，它是夜间给你的时间光。"

第四日

7月29日，布达拉宫—大昭寺。徒步。

九

雨还在下。

牛皮绳捆扎的白玛草，染成褐红色的白玛草筑起墙。墙里墙外——

修行的人把粮食布施给鸽子、麻雀。高德的僧人给孩子的鼻子上加持灰，让他隐身，隐在妖鬼的纠缠之外。

而我穿过仿牦牛帐篷色的长布帘，在大殿里，朝佛，回头看，值勤的僧人坐在低矮的龛里，转动眼珠子观看着匆忙的脚默诵经文，亦是佛。

而我入红殿，眼睛里的金刚橛，栖有物象的金刚橛，仅如三角刀。

而我走出红殿，受到祥意的宠爱——雨过太阳出，金刚橛上的物象跃翔。

十

在布达拉宫到大昭寺的路途上，我低头，虔诚地学着磕长头的小孩、青年、老年人的跪和起。也猜想，他们中间会不会也有一两个携着亡者的牙齿，去大殿柱子里安放，让后来者祭祀（牙祭）。

殿里一字排开的灯，一字排队添油的人，供养祈祷父母长寿的神，上师佛像头上有一个小孩像，以及殿院里的马勺、图式、殿顶、蓝天，在钟的洪声里流逝着时间。

钟声，日常的铜声。

第五日

7月30日，拉萨—桑耶寺—雅鲁藏布江扎囊特大桥（5.4千米）—雍布拉康—昌珠寺—昌珠广场。贡嘎机场高速，转S101，X302，山南市乃东路。

十一

一个乞讨的老年妇女靠在七色幡缠裹的旗杆上，似睡非睡，是否有人施舍银钱，她都不去理会。不远处，陶砖垒砌的喂香炉烟很旺，似乎不受风的影响，垂直腾空。我——匆忙的世俗人踏进桑耶寺，看着旁边一身白素衣的次仁罗布，如八世纪中叶为今天留下的转述者或构建者——他指认还不知道教义的小孩把额头顶在寺院木栅栏上瞬间的缘与孽。我是有孽附身的。

四只猴子口含四根铁锁链拴住镇孽的黑佛塔、红佛塔、白佛塔、绿佛塔。我学诵经的教民身子前倾，请佛塔如图腾进心，镇压孽。

十二

次仁罗布取雅鲁藏布江的水给我，说，水里有鱼，它不诵经，吃白云和静蓝。坐在荒废了的码头上，我在心里模仿鱼——吃十里大桥和桥面上过往的物体——侵蚀的喧嚣。

而江水，从我的左手，经右手流去。

而远山画满白图式的石头，有嘴张开，是唤回什么，还是勒令什么呢？

十三

石头压着石头，痛苦而峭拔的雍布拉康，像约请公元前绀紫的农奴一样，让我清点去向吐蕃国的王宫道旁布满的塔状经幡，清点钙化的青稞麦粒和酥油茶。这日，我是万物佛脚旁的持钵者。

宫殿里深邃无光，我借佛的眼光取酒，取水，取出铁沉沉的云……

而火塘里，唯有灰尘。我或他手掌带来的尘，轻薄的一点点，使不朽的冰冷回到了王、王妃的酒宴、歌舞中。

此刻，我听到的歌，是文成公主昨日之前听到的歌，唤我记起诗人张静说的，"似乎除了我的生命，一切都无止境"。

那好，我坐在王、王妃的侧面，喝残酒，看残舞，恭候无止境的预叙。

十四

头上顶着一粒延安的尘土，在绛红色藏袍的阴凉下，吃汉盐，看汉柳，听上师说——在开天眼的日子，就会在珍珠绘制的唐卡①上看见一枚指纹，拿盐巴和柳条的指纹。

我抬头，想请昌珠寺的大门，或对面文成公主的雕像印证一下上师所言。我知道，我的想法已经被炽热的太阳收走，只能听见从街巷的某处传来买卖的叫喊声——一句藏语，一句汉语。

上师还在继续诵叙着什么？我的耳朵仅停留在买卖的叫喊声里。

① 昌珠寺（始建于公元七世纪）内藏文成公主用珍珠绘制的唐卡和文成公主像。

第六日

7月31日，拉萨—日喀则—扎什伦布寺。拉日铁路Z8801，转7路公共汽车。

十五

火车向前。藏族新娘帮助我用双手的无名指搭起"免扎"①，如塔，如坛场。她给塔戴上佛珠，给坛场放置青稞。她说：如此缄默，便有经文涌出。她说：献上果食，便是善功。她说：撒出听了经文的青稞，便是生命的救度。

我的同伴说：把"免扎"抬得和新娘的眼睛平齐，我要在她的眼仁上看见千仞山峰。

十六

扎什伦布寺，如挂在天上的赭色海，广大、恢宏。

我在大殿的门、门槛、墙、木栅栏上前人磨损的缺口的引领下，去看拿着酥油桶给灯盘里添油的妇人，她们无声，她们布施，她们把喇嘛写给自己的字条焚烧掉。

---

① 免扎：音译，类似祭坛。

就在此时，一个四五岁的小男孩，看见父亲把额头贴在殿堂的灵物上，他便贴上；看见父亲跪下，他便跪下。他的跪有些歪斜。

　　就在此时，强巴佛殿里的值守僧人用经书轻触我的头顶——这加持使我转身，望见两座殿的高大红墙，挤压着墙巷间一个用白披肩盖着头的女孩子。她睡着了吗？

第七日

8月1日，格拉丹东湿地—日喀则—拉萨。4路公交车，转拉日铁路 Z8804。

十七

雨遮盖了牧民在湿地收割青稞的脸庞。汽车礼让懒散的牛。油菜花正在盛开。我和班禅额尔德尼·确吉杰布擦肩而过。

我知道，天空的佛音从班禅举行的法会传来。

我想知道，东边远山顶上飘过的像人的云，有无法号，有无法衣？

我也在火车窗口，向站在一方土台上行举手礼的护路警察回礼。

写作，有时需要等待

2017年7月24日，农历闰六月初二，我的闰月生日这天，坐火车沿着大地的阶梯向上，藏地、藏传佛教，牧民、宗教建筑物，羚羊、五色经幡，牦牛、高山河流……这些物象，在古今诗篇里都读到过，陪我行走、送我哈达的诗人陈劲松、作家次仁罗布二位也以这些物象写过动人的诗意文本，那我该如何去构建诗章呢？我把旅行手札本装在书包里，经常掏出来读读，如此，两年。5月20日，一位小朋友给我发来她工作场的照片，一只红色的茶盏很耀眼，唤我记起"加持"这个词。西藏给予每个人的感悟有所不同，给予我的就是——要明白每一天都有人在扶助自己，然后自己再扶助别的人作为感恩礼。我给这位小朋友回复：今天是个好日子。

我用自己的所谓"明白"，开始搜寻在藏地给予我扶助的物象，尤其是扶助心灵的物象，以此来构建诗章。藏地是神圣的，也是盛大的。我一个红尘中的诗歌写作者，不懂得藏传佛教的教义，不懂得上师指点的天眼，只能用小眼睛在这些圣灵此刻存在的真实中找出意象来写作。我有一个观点，当代诗人无论其写作取材于上古，还是今天，他写出来的都是当下，因为他思考的是当下。这样，我在《七日，或次仁罗布》里请出上古的人物和今天的人物出场，借他们的口说出我当下要说的话。用典、引用除外。

又记：一章好诗，是诗人调动自己的诸多生命经验，挪借各方意象构建的一个诗学世界。这个世界拒绝与他人、与诗人自己以往的作品同质化，构成其具有唯一性的品质。

2019 年 5 月 20 日至 31 日

二十一克红色

献给

我的亲人，行走在爱因斯坦—罗森桥上的朋友!

鸟不食 ①

语言是无邪的，如同霾里的微粒子，如同元大都遗址的鸟
　不食
它们本应栖居在自己的疆域里
或者繁衍，或者凋零

而人们，时常调动把语言逆向排序的嘴
在自家的园子里泼洒砒霜，也泼洒剔透的冰毒丸粒

2016 年 11 月 26 日

北京鲁迅文学院 502 室

---

① 鸟不食：北京元大都城垣遗址公园生长的一种灌木，其红色果实俗称"鸟
　不食"，据说有剧毒，连鸟都不食，故名。

过火木

我，无耻地用冬天的暮光
把手的影子投到圆明园散乱的遗构上
和匠师的手汗重叠

我是无耻的，在清洁工打扫得很干净的园子里
感知到灰烬覆盖了脚踝骨，脚踝骨正在熔化成水

我的无耻，来此把嘴巴假借给展柜里化了石的过火木
使它残断的纹路，狰狞地张开
而哑言

过火木的哑言，是在监督我这样的无耻者
说恢宏，说和谐，说吉日时，说羞辱

2016 年 11 月 28 日

北京鲁迅文学院 502 室

新年音乐会

在人民大会堂观看新年音乐会，我专注于
乐池里最后一排的两位打击乐手

他们自由地穿梭在左，或者右
击鼓，敲钹，击打排钟

他们控制配器没有尾音
只填补管乐和弦乐的空白间歇区

他们控制尾音的手，是奏响配器的手
这时，我在想僧人诵经的口吐出的经文

2016 年 12 月 30 日

北京鲁迅文学院 502 室

口罩

去圆明园，诗人灯灯送给我一只"绿盾"口罩

我，和笨水戴上口罩站在残垣前合影
取景框里我俩像是插在坍塌裂口处的物件，僵硬的物件
口罩突兀，如挣扎的飞禽

那好，我就把取景框里的口罩折叠成一只游隼
让它带走裂口

2017 年 1 月 7 日

北京鲁迅文学院 502 室

青豆

不记得何日，右鼻翼下长出青豆大的痣

这枚痣，后来成了陌生人区分我的体貌特征
这枚痣，也很讨厌——
一年总会流几次血，或者长几次黄脓

丁酉年立春日，皮肤科大夫说：色素痣
建议，手术切除＋病理检查

躺在手术床上，隔着无菌切口巾
看无影灯透过来的光，就想写一首关于父亲的诗
受"利多卡因"的干扰，只能反复一句——
我在变老，更老的父亲
在床上需要握住儿子的手才能入眠

大夫喊醒麻醉中的我，说：一周后来拆线
她提着装"青豆"粒的真空袋子去了病理室

我突然非常悲伤

如同手术中看见父亲伸出寻找我的手的空手掌

2017 年 2 月 3 日

陕西省人民医院

打板

雨后，云眼开

我在安福寺外，撩水清洗脏手
打板，一声，催着一声
召唤僧人入殿上课。我，沾满浮尘的心，抽搐

云眼，等待诵经声，也送来光
沐浴我，和远山，以及远山上的茶园

身旁的玉兰树，飘落绛紫色的芳香
覆盖旅者的脚印，或者他们遗留的影子

可我看见，手锤在打板上敲击出的凹槽
把云眼里的亮光变得粗糙

2017 年 4 月 5 日

致谢陌生的人

雨夜，我蜷缩在殡仪馆的角落

右眼观看四间守灵堂，以及堂中的四口冰棺

左眼观赏着喝酒、吃肉、谈论往事的众生

而嘴中无意识地默诵祈祷词：

高处的宗教啊

请让不久后升天，或者下地狱的亡灵

嬉皮笑脸地从我的左侧

抢走一双筷子。起

"起"，如同大河春天破冰的咔嚓声

2017 年 7 月 6 日

梦里，也有……

已经接近黄昏，对昨晚梦中演讲的结巴，终于
坚信地说：是那团无名的光造成的

这团光，像一个坏了的灵魂
恍惚在眼睛与演讲稿之间

使脊背贴在悬崖上演讲的我，无暇顾及飓风，以及骑在风上
　的人
只能看见深渊，和一条没有渡口的脏河

我祈祷：要黑暗，不要这团像坏灵魂的光

2017 年 7 月 16 日

臆猜一位拾荒者的心理活动

在206路公交车上，我邻座的拾荒者
把纯净水瓶捏得特响，特响

突然响声消失了。我不由得侧过脸观察拾荒者
他油污的手做着枪的手势
他面带微笑，右眼、食指，和某个目标物连成一线

我只能臆猜，是心脏，是钱夹，是禁行的红色信号灯
或许是街道远处的旧址标志碑。其实，最有可能的
是他在清点垃圾

他油污的手，他的枪
随着公交车的颠簸晃动着。我看见的却是——
朝圣的人磕长头，沾满尘灰、沙砾、冰凌、露水的脏手
引着身子匍匐

我又似乎听见磕下长头的人念的咒——

谁说不是呢，干掉垃圾（我邻座的目标物）便是拾荒者的一

　场圣战

2017 年 7 月 18 日

观察生活

秋已深，暴雨依然没有征兆地落下

疾行的人把雨伞收起
闭住眼睛，听急匆匆的、尖叫的、咒骂的人擦肩而过

他也是在等待。某位路人突然停住脚步，说——
傻子啊，你的装脸①
长在了脸面上，像舞台上扮角儿的美髯，雨水是揭不开的

他也是在等待。某位路人把暴雨的影子削成门闩
关闭洞开的天眼，诱引
缄默无言的索要者伸出贪手

他等待的话剧场排演的铃声已响过三次
排演开始

2017 年 8 月 23 日

---

① 装脸：渭北方言，戏剧演员修饰面部的简称，民间喻指为了某事伪装的
厚脸，也说"装个脸儿"。

在白鹿原上，猜想一场游戏的结尾

三个人，或许更多一些人
在剧场等待帷幕的开启

一个人，给另外一个人递去一瓶水
那人说，我荒芜的心里装有江湖

递水人眼光越过身边的脑袋
与蹦跳的儿童、阅读的青年去看广袤的原

原上的蓝天、星星
把风化成石头，把村民陈忠实的名字译成经文

可此时，几颗魔幻的小脑袋在光声电剧场
变幻着卡通王

暗下来的灯光，不是戏剧的过场
仅是遮住现实中的一个人而已

2017 年 8 月 30 日修改

坐在马路牙子上

修行的人坐在马路牙子上，等待着街道的空旷时刻

闭目——

汽车的轮胎与沥青的摩擦声

脚步闯过红灯的急促声

裙摆挤压时间的嘎吱声

闭目——

掏心的手，捶打幼目的声响

盲人，碰撞盲人道上的电线杆声

兜售身份证的贩子高声说：没有人知道你是谁

闭目——

吊瓶的针头扎进风景树

有人掬起空调水止渴

千斤顶撑着斜下来的楼宇

闭目——

红色小汽车留下的诵经声，在午后

把风撕开一个口子

人呢，坐在马路牙子上修行的人呢？

2017 年 9 月 23 日修改

午夜，不去睡觉的人说

午夜，我蹲在街道旁
观看长椅的影子，以及影子上爬行的白蚁。不，是偷儿的
　冷风

其实，冷风也端坐在椅子中央
似神似鬼，仇视我，仇视我身后的窗户

其实，我的身后啊，黑如灰烬，邪恶的死灰
而我，唯能如同昨天读到的肌肉萎缩的小女孩的诗句——
伪装成一具不会动弹的尸体

诗句，何不淬成刃器，割裂冷风
而让我，用一个昼夜，又一个昼夜编织绞杀的绳索

2018 年 6 月 16 日凌晨

北京全季酒店 520 房

单薄的心灵

在乡村旅馆里，缺乏睡眠的眼睛
悬挂在剥落了皮的墙上
有时也悬挂在窗外荒草里的华表上

观看远山上风化石的肌理
也观察床上病弱的身体

有一种气息，携带着乐曲和碘伏
在床头柜上值守

另一种气息，在整理眼睛看不见的心灵——
被时间销蚀得透光的心灵
时间助长了战争后遗症——暴躁的心灵

这个单薄的暴躁的心灵
蜷缩着。向自己损害过的草、木、水、石
以及损害过的女儿撒娇的活泼检讨罪责

当然，他也向女儿索要了自己反对的禅语：

"饿了吃饭，困了睡觉"

面对斑驳的墙体默诵

他知道，这默诵无人能够听见

2018 年 6 月 21 日

北京轻联富润饭店

偏执性头疼

在同一镜头里，请主角别演讲
他入框，如一枚道具，可有可无

虽然精神内科医师指着主角，说：偏执性头疼
从左脑，迁移到右脑，你是快递员
但他木然，仍然像等待场工来搬走的物件

可谁知，医师的若干治疗方案之外
主角握着一把游走空灵之门的锁钥

2018 年 6 月 26 日

太阳黑子也是玫瑰花

我去沙漠。带足酥油茶、马奶子
端坐，等待城池、骏马，以及骑马的女子
从尽头的光中来

我站在甲板上。手拿淡水瓶
从洋流，或是聚团的云里
迎接林地、村庄、街市上嬉闹的孩童

我，其实住在自己心的影子里
把太阳黑子诵读成玫瑰花

2018 年 6 月 28 日

看眼睛

每天在街道拐角，我会如期
遇见一位把脏衣服穿得很整齐的绅士
用优雅的目光迎接我，欢送我

如此三年。这天，我蹲在他身旁
学他的优雅，迎接和欢送——脚、腿、车轮
以及小片阴影的诞生和消亡

他用手掌，垢痂堆积的手掌托住我的下颚
使我与慈祥的、狰狞的、忧郁的、欢喜的、痴傻的、精灵的
　眼睛对视

如此，眼睛唯像炽焰后的无间地狱
我在其中

2018 年 7 月 3 日

梦

在列车上，睡梦中我遇见一位故人：

他依偎着落日的光柱

把身子上的绷带一层一层地撕开

又好像是在费力地把大地的绷带撕开

挂在如铁钉的风上

引颈，入绷带的结扣中

故人轻飘，面容如昨天的我

2018 年 7 月 5 日

延安—西安的火车上

等待诵课声声

依时间，山上书院的门已打开。我们
以及雾霭沐浴过的耳朵在亭子里等待诵课声声

而旁观的鹰，在你我之间
看见洪荒纪的水汹涌地赶时间

而鹰翅扇起的风援引早日的诗句：
山花烂漫，如海洋，如织锦
小伙伴问：美不？
答曰：它们在朝身边的笑脸致敬

而此刻，山下的市井人群熙熙攘攘
七十二行，有打烊的，有开张的
我们的眼光，如鹰的，薄而利地掠过美好和邪恶
我们的心，像无风无云的天空，安静如止水

2018 年 7 月 6 日

河南大学校园

六月份光芒中的冰，注定是一

今夜，遥望明天早起

温软的晨光如甲胄，将黑暗中遐想的微笑包裹在脸的背面

如此，和昨天，五十年前的昨天，一起

做回阳光下端正如冰塑的人儿

冰塑

六月份光芒中的冰，注定是一

有团火，孩童的火，许久了，和冰塑相互拥挤

可怜的冰塑呵，在母性的慈热中坍塌，脱落的冰凌划伤了火

就是这火，含着伤光耀如锦，在另外处

冰塑的人儿，浑身结痂。病灶的痂成了他皮肤的日常

夜已深，上帝不会说：那火，指派你燃烧如生日蜡烛
上帝会说：那火，指派你焚烧一张五十年的病痂脸

2018 年 7 月 13 日

各自回家

记忆里，在渭北老家
村子里偶尔有狗咬人的事情发生

狗的主人，多是女主人，会风急火燎地拿一个馍赶去
在场的长者，用馍象征性地把伤口擦一擦
然后看着被狗咬伤的人把馍吃掉，然后各自回家

据说，这是给伤者招魂
据说，这是向天起誓：主人回去是要打狗的

那么，昨天旅行时
同伴的皮囊里有一枚狗心出没，伤及四荒

那么，我想猜猜：皮囊
会送一个馍来吗？
也许，皮囊会说：狗心是偷借我的地儿

2018 年 7 月 29 日

拍响教堂的大门

拍拍门，教堂里的钟声会响起吗？

孩童双手搭在教堂的大门上，门缝
有光透出来

这光，肆意地抚摸着孩童，像翅翼
也像未知大海里的洋流

门额上的石头星，俯视着孩童的脸
不知它看见了什么，唯知它的耳朵动了动
——是在听钟声吗？

2018 年 8 月 7 日

生日娃

立秋日已过。昨夜失眠的眼睛
在黄龙山脊上，与中医师合唱《心经》

先于太阳的红金光芒，如匠人的手指
把云撕成松软的团，摆放在蓝上

眼睛里，蓝是女儿的衣衫
那红金色、云白色，幻化着，如北方的

抓髻娃娃——瑞福的生日娃
和着《心经》唱黄钟

2018 年 8 月 26 日

黄龙县龙府酒店 1-117 房

借电影台词：看着镜子

——和崔完生《成路》意，兼赠一二朋友

去田野，我平视远方，天空静蓝，如镜子

我对自己说：一只候鸟就在背后
冬季，它会噙着火山的熔岩，给北方的孤山取暖

我又对自己说：候鸟飞临
是夏季，用喙，把谷物一粒一粒地从仓库里搬出来
如布阵，也是阵中的生长标志

假如，我便是那只候鸟
会以翅翼，把火山的熔岩扇得和寒流搅混在一起，如兄弟

我是那只候鸟，谁是谷物？
镜子里的我，匀出了脸面做生长标志，送给暗处的鸟喙

静蓝的天上，有太阳

虽如镜子。但里面的我，仅仅是一个人的想象

尽管这样，我还是会对着镜子：立正、鞠躬

拍拍自己松弛的皮肤，然后背诵一部电影的台词——

看着镜子，说：诗人模拟生活

也是在欺骗生活。其实，诗人也不容易

2018 年 9 月 9 日

站立的血液

——在太行山（一）

面壁云崖，身后的黄栌

霜刀子掠过，如血液，布在八百里褶皱里

这些站立的血液啊，昂首

恭迎天外之声清点山峰

而我，把时间捏碎

从天外，听见的是清点士兵的铜号声

我转首：血液奔跑。再转首，血液静立，如哀悼者

悼念昨天穿八路军军服的自己

2018 年 10 月 18 日

打开锈死的铁锁
——在太行山（二）

在龙脊之巅，长久地看着丹霞石剥落的赤色
便想打开仟仟村的二百多座坟冢，揭开亡者脸上的
三尺白布，请出灵魂

我知道，这样会打搅"百团大战"勇士的睡眠
但还是固执地想
——触天的龙脊，才是侍奉他们的灵地

我也想
寻找到钥匙，打开仟仟村102号大门上锈死的铁锁
询问院落的户主你这样想吗？

2018 年 10 月 18 日

借春光，铸造一枚戒指
——在太行山（三）

有鸽子，列成纵队，由黄河的西岸飞来，向东飞去

天空留下静蓝

我和黄栌商议，借它青色的春光

铸造一枚戒指送给女儿，然后牵着她的手

在太行山，查看石头、查看植物

也如同请出的灵魂，交给我英雄气质一样

把这两千平方公里的疆域交给她

军人的女儿啊，用四方，编织一条围巾

给栖息，或者经过太行的灵魂取暖

2018 年 10 月 18 日

暮光如刀子

暮光狭窄地横放在远处

如一把旧刀子,有锈的红铜色刀子

而在飞行器上的诗人,与刀子平行着

从故乡去异乡看海

寒流中的海将是什么样子呢?

他想象不来,他在想——

如果把自己的血喂给刀子

那被暮光切开的混沌的天和地会复原吗?

2018 年 12 月 6 日

天津喜来登酒店 415 房

去点灯，还是不去？

我是陕北的一个原住民，时常
把一些农事记忆从时间里抽出来，打包、压缩
然后称之为"小时间"

可现在，我收到一份西方节日邀请函
去点燃圣诞灯，还是不去？
我犹豫着，要不要让它进入我的小时间里

身后的阳光有点泛黄
我是喜来登酒店这所房子的游客，也是今夜的主人
想昨日女儿鼻子上的笑和今晚圣诞的灯

去点灯，还是不去？
我只能等待着时间唤回我的小时间
也许仅能如此而已

2018 年 12 月 7 日

天津喜来登酒店 415 房

在津门

在津门，在大雪日，在刺骨的寒流里
长安辖域的山地诗人撞见钟馗
急匆匆地带着一群小鬼赶往长安

诗人说，我去天后宫旁的空地坐会儿后结伴走
驴夫鬼喊，那儿已无埂了

诗人又说，女儿许我今夜在旧德租界点燃圣诞灯塔
灯鬼闹，行夜路的火把已经枯熄，哪儿还有灯火？

诗人再说，容我
把给女儿编织的青草指环放置在盐花上，捎给远海
说这句话时，其实
他知道，港口已封冻，冰上无鬼影

2018 年 12 月 8 日补记 7 日事

天津喜来登酒店 415 房

自己的影子

春雨积在拐角的路面上
迎接破云的太阳照耀

我从暗处走出来
踏上去，一脚，一脚
把游荡在水面自己的影子谋杀掉

影子的死尸，随着水波
七零八落地奔向某一条根
——我知道，那里不会有神出现

2019 年 1 月 15 日

春天小号

一

二月二刚过，我在北方冰凌漂浮的河流旁
等待着桃花

我知道，桃花是从南方慢慢地向北方开放
中途，会经过山岭、城市、农田

桃花的蕊粉，像我从双手卷起的喇叭筒
喊出鼻音过重的方言，说给爱人
而它，把自己说给籽粒

二

飓风过后，静蓝衬托的云朵，如桃花
还未到三月，就瞬间开了

伸手摘采，阳光的软梯子
是铁轨，把我送到另一座城市

那里的江水，那里的青衣，那里的房舍

安居在一朵桃花里

如我的等待，等待着我

三

冰凌，从远处来，去远处

切破了河里天空的影子

我捡拾影子的血，殷红一片，湿重湿重

压弯了山脊

这血呀，还是许给风

让它如火种，把一万座山上的桃树点着

惊醒蛰伏的万物

四

其实，我还是努力地把影子的血

困在手掌，让它混在我的方言里，从喇叭口

喊出——

这带血的声音，碾过荒草，碾过峰顶

会撞上鹰的额头

声音有血，在高处

也能帮助我照看海边，或者山涧的桃花

五

如果说，这带血的声音不够宽洪

那我，就把左旁的凤山、右旁的凰山卷起

喇叭口朝向南方，请草木，请河水

一起用我的方言喊话——

空无的天，丰富的山和脸

接住了桃花

而青衣，而小号，省下了季节更替的路途

2019 年 3 月 13 日

白河县桥儿沟

三人，或两人在桥儿沟这条街上行走
有点拥挤

一人，或携带自己的影子
似乎刚刚好

可是，深夜无影子，正午无影子
我只好仰头问天索要点什么

可谁知
没有回音壁的天空弄丢了我的喊声

像，旧光阴
把桥儿沟的商贾弄丢在白石河里
把我的女伴弄丢在海洋

2019 年 3 月 22 日

白河县白石河旁

119

清明诗

爱人去工作了。我枯坐

想，关于远方，响水县的爆炸声，还有染黑了的云，以及

  生命

想，关于远方，凉山里的森林火，还有灰烬，以及生命

近旁，延河水汩汩

      山桃花把花瓣抛在空中

我看见，花瓣遮蔽山峰、河流的影子上写有悼词

2019 年 4 月 6 日

致死亡①

我说：我，我们是从

炮弹片、子弹头，以及它们掀起的土、石头、树木、野草里

走出来的人。其实，我们是另一个人了

这个人，就是为了向死亡脱帽致敬

我说：我，我们看见

摄影师在日暮下

缓慢地把弹片、石头碎屑、干枯的兰草、创可贴堆放

堆成汉字，堆成舞蹈的女子，堆成盛开的花海

花瓣犹如欲飞的鸟。其实，这只欲翔的鸟

就是脱帽向死亡致敬的另一个人

我说：我，我们相互不要看见

眼睛里残留的血。不小心，那血会带来一个，或者一群

---

① 在老山地区 1986 年 10 月 14 日的战斗中，一等功荣立者牛延平把爆炸
气浪掀进自己绑腿和衣服里的焦土、弹片带了回来；把山上的兰花、藓草、
植物叶子夹在立功证书里带了回来。30 年后，这次战斗中的另一位一等
功荣立者王红，用这两组静物创作出摄影作品。我是他们的战友。

在弹片、子弹里的人。其实，我是惧怕
他们举手向我们脱帽致敬

我说：我，我们在艳阳下
经常把盐巴和粮食、钱袋和荣誉请别人拿走
唯独谨守尊严。其实，这是代替炼狱之门那侧——
地狱，或者天堂的鬼，或神向死亡脱帽致敬

2019 年 4 月 21 日

存在，或者消失

王五看天，脑子里的过往，此刻，未来
便轻巧如零度的风，存在，或者消失

2019 年 5 月 11 日

我妈说：扬繁圪塃

秦岭南的朋友说，立夏第二天，她们那儿落雪
不知是想埋葬竹绿，还是花红

雪大吗？
形容大雪落在每个角落，我妈说：扬繁圪塃

我想回家，吹动妈的白发，说：扬繁圪塃
埋葬我说给他人的谎言，他人说给我的谎言

2019 年 5 月 12 日（母亲节）

睡眠

睡梦中，影子给宗庙的锁孔里放进异物
阻碍游客登庙，焚香，烧纸，燃炮，扫灰尘

游客们只好在"红尘嚣嚣"的匾额下
把神或扫地者移植进他们下流、荒谬、口水无度的诗句里
镀上朴素的、光明的，也许是奢侈的、黑暗的等词汇

影子窃语，这座庙是祭祀"地鬼"的坛场呀
我翻身，继续我的深度睡眠

2019 年 5 月 12 日（母亲节）

回顾记忆的电影

初夏的傍晚，南方和北方都传来雪讯的傍晚

我在观看一部关于二战的电影，用俄国的故事回顾自己记忆

   的电影——

战场，死亡，残肢，把装进尸袋尚有一口气的战士

请出一位或两位。当然，没请出的，也就没有清点是几位

2019 年 5 月 15 日

说诗

三五人一桌，吃酒，讨论真诚

有人制造语言撒野，也有人平衡语言或劝自己醉酒，此刻

秩序其实如洪水过后般狼藉

性恶的执念，干掉酒精的纯净

潜伏至清晨，等待潮汐的气泡。它的脏，是天成，人呼之

    静好

2019 年 5 月 16 日

访客的叙述

昨日，访客跟我说，他去某人的公寓

他絮叨，絮叨。某人始终站立着，温和，微笑，略略弯腰

我却突然看见，某人如

一支无孝号①，无引魂幡，无肃穆的送葬队列中的忤逆者

2019 年 5 月 17 日

---

① 无孝号：陕北人去世后，孝子穿白披麻，称戴孝号，无孝号，指没穿孝服。

药片

如果夜深了，还不怎么想睡
最好模拟一场斗争游戏，你客串甲方和乙方，你掌控战局

这样，白天遮不住红的乱麻便会如上了阎王填写的名册
鸡叫前与你阴阳两界

2019 年 5 月 20 日

二十一克红色

科学家测定，灵魂飘离人体时是二十一克
我猜想，不会包含我右手拿的药引子红，不会

那么，如果我左手拿的解药暂短性生效，尸首必定还魂。
　假若
我给回来的魂儿强服下药引子，红了的二十一克还是灵
　魂吗？
问话出口，牧师在心中诵读"阿门"

2019 年 5 月 20 日

谁的等待

昨天，在小机场的出港口，一只喜鹊从防爆桶里飞出
碰撞在玻璃门上

我问身边的朋友，你们说，这只喜鹊是活物，还是机械
　的呢？
他俩问我是在写诗吗？
他俩笑，我也笑。我们等待着飞机落地，我等待着新闻

2019 年 5 月 25 日

放蜂人

槐花已经开败，仅有一箱土蜜蜂的放蜂人该隐退了
他把蜂蜜分送给了一两个人，也把蜂蜡收起
藏进石窑里

放蜂人，站在石窑里守着蜂蜡不再等待春天

2019 年 5 月 30 日

隐约之间

在静蓝的天空下，我总是看见有孩童拿着黑T恤朝我走来
这样的时刻，云也避开了天

而四方荒野，携带万条波纹的光明
和我保持着距离，走了，来了，走了……

而我抹掉额头虚汗的手掌，正如犯错误的小手
在孩童去年父亲节送来的黑T恤上擦拭，保持着手的干净

2019 年 5 月 25 日

影子潜逃时背诵的是什么教义？

六月一日，几个幼儿在玩捉影子的游戏

我在旁边看得兴高采烈，看得忘乎所以
突然有人喊：喂，打火机把谁的影子点着了？

我便开始寻找自己的影子，在每寸河山上
寻找到诗笺的灰烬，寻找到草药的灰烬，寻找到骨头和灵魂
　的灰烬
唯独没有寻找到影子的灰烬

我想起，一位长者说：背离祖居
汇入开拓新居的洪荒之水里，如脱胎换骨，这也是需要心持
　宗教的
那么，影子在潜逃的路途中背诵的是什么教义？

2019 年 6 月 1 日

陈旧的短句

闲时翻看旧书，扉页上跃出一行陈旧的短句——
放弃我容易，翻开（也可以说关怀）我需要时间和勇气、精
　神和体力

这短句，字迹已模糊，但如刃，如谶，刮开此刻以前的我

2019 年 6 月 2 日

"对罪孽无知"

一个过往的套句子诗人说，他很困惑——

他逢庙烧香，遇神祭拜，见佛阿弥陀，去教堂也用手在胸前
　　画十字

可梦里，上帝和天帝都对他说：拒绝你在升天的人儿的葬礼
　　上鞠躬

他在絮叨，也在混乱地诵读乱情诗

我在读阿赫玛托娃的诗句：诗人们/通常对罪孽无知

2019 年 6 月 2 日

请把心放宽

记起了点什么，忘记了点什么

从善的心，在生活中总是多余地画出一小道线，说：那是

"错"或"对"

普天之下，光时常会被遮暗的，只能走针孔，"对"亦是

而从善的心，在多余之后，会对

自己画下的线的左和右说：请把心放宽。也是说给自己

其实善心也不知道"对"和"错"在哪儿

2019 年 6 月 3 日

下一站

凌晨三点。列车上有磨牙的，打鼾的，梦游的

而孤独症患者睁眼

拆分电视剧《破冰行动》中师徒、父子的情感，然后另行

　　衔接

他很努力，但总是步入套路——

老的设谋，少的怪撒①。而往往"谋"是开口的

等待着被撕裂

"谋"被撕开口子的瞬间，上铺放了一个响屁，提醒孤独症

　　患者

下一站无月台

2019 年 6 月 4 日

延安—北京 Z44 次加 1 车 20 中铺

---

① 怪撒：渭北方言，有耍怪、撒野之意。

138

寓言

隔门，听女服务员给宾客讲寓言——

一只变异鼠，穿堂过廊，时而变脸，使

狼止步，豹后退，猫跑去吃鱼

秃鹫在高空照着①拖着半粒粪的鼠，盘旋，盘旋……

宾客着急了：快捕啊

女服务员咯咯地笑问：你说

鼠看见盘旋在头顶藏着仇恨的秃鹫快乐吗？

2019 年 6 月 5 日

北京佳龙酒店 7-120 房

---

① 照着：渭北方言，长时间看着，兼有陪伴之意。

渡板

零点已过，列车员把渡板搭在车门和站台上
目送旅人，目迎旅人

旅人踩踏渡板，铁和石会发出咬合声
这轻微的声，是摩擦生热可以点灯的火

我掏出一点心热，请列车员携带，连同这火
送到下一站——西安

我知道，列车到站时孩子还没有起床
那就请把签收的时间顺延。渡板是铁的，渡板有时间
　等待

2019 年 6 月 6 日

词旨

每日，彤云或阴云下，我站立在成吉思汗纪念堂的碑石侧
等候公交车。季节交替，不同的鸟鸣伴在左右

诗人广子电话告知，他不日来，访问成吉思汗灵柩西迁壮事
这日正午，我认真地读铭文，以便给广子叙述

鸟鸣打乱了我的阅读节奏，词旨不知从哪儿冒出——
伏身给孩子的承诺，如同跪在祖庙仰头给神的誓词

公交车进站，鸟鸣止
词旨与碑石一起留在成吉思汗纪念堂

2019 年 6 月 6 日

推塌黎明

鼻子上带着微笑的孩童来到我的梦里戏玩，撒娇……
我醒，梦境在

未遗忘的梦和我吵闹着要走。不管不顾
我从午夜开始忙碌，做好推塌黎明的准备

2019 年 6 月 7 日

石头积馀堂

"咕咕——苦"

回到窑洞里，母亲在右侧，父亲在左侧
一起坐等我出生的月份到来

等待，是我在剪除自己的一些坏的小时间，比方
对善的挥霍，对爱的矜持
等待，是我在听鸪鸪鸟朝向丢失了麦子的田野，嘶唤
小麦灌浆香的"咕咕——苦"——"苦"

2019 年 6 月 7 日

石头积馀堂

多余的想法

在山坡上，乌鸦啄食青蛇。青蛇仅扭动着身子
表示要活着

我想向不远处的母豹借一张嘴
送给青蛇，请它喊出救命或疼

其实我是需要喊声壮胆，驱赶乌鸦，抱青蛇止血
演绎另一则寓言

2019 年 6 月 10 日

杀时间

我用尽力量给挂在阳光背后的影子开锋磨刃
悬在头顶，等待脑洞开裂

这锋利的刃啊
自诞生之日就专为收割脑袋里萌生的小思想——
坏的、好的，以及冰岩玫瑰上的刺

2019 年 6 月 13 日

深夜收到一份请柬

扎心的疼，把我从庆典现场请出，接过

穿黑连衣裙女子递过来的一份请柬——红色的空白请柬

我问，是回到梦里继续参加庆典，还是你来把请柬填写

　　完整？

她说，你看吧

我问，扎心的针去年的明晚被人拿走了，今夜你看见了吗？

她说，你看吧

我看。今夜乌云密布，我的眼看不见我的睛

2019 年 6 月 14 日

镜像

列车十点熄灯。在黑暗中，我摸索着清点血衣上的颗粒物质
细粉状的，粗盐形的，都在六月以后的洪水里

从六月到六月
这样咬舌的表达方式，是在压扁一年或两年三年的失血量
——流失的血，以滴的样态没能穿透某个灵魂

我的手，唯能从血衣上抬起，与鼻子平行，在列车穿越隧
　道时
比出恐慌的鸟

2019 年 6 月 14 日

"抱歉"也是阴谋的一部分

清晨，我在他乡的街道上：跳蚤市场一张张笑脸迎着众多的
　　陌生人
是在强迫记忆——
把熟悉的人消减掉，把火车车轮碾轧钢轨的磨合声消减掉
使脑洞壁面上结绳记的事不再繁衍

而近旁的牛仔音乐入耳，让我顽固地在头脑里再现电影
　　情景——
某人绅士地在背后无由道出"抱歉"，是在等待吞剥一颗心
　　脏或头颅

2019 年 6 月 15 日

说者，听者……

天空晴朗，我在小镇用鸡毛掸子扫去旅尘，弯腰寻找一纸缔
  约书
旁人说得对，这是一份格式和内容不详的文书

昨天或前天，对于街坊来说年代已经久远
他们不会给我什么引导
更何况，巷道在翻修，地基在打桩，泥土被瓷砖釉粉覆盖

还好，我是白天来，太阳会弯曲着照到每个角落供我借用
那缔约，缔约，你可以化尘，但只今日，请把片段交给唱诗
  班唱出
——有个男人正侧着耳呢

2019 年 6 月 16 日（父亲节）

留下一丝颜面

午夜飘落了几滴雨，啤酒、烤肉的味道稀薄了
一群喊我四叔的青年，刚谢幕、卸装、逃过粉丝的围堵
来到夜市，他们切磋技艺，谈论微博，发布"朋友圈"
也讨论粉丝量，讨论让哪个粉丝僵尸了

我的思维在游移，没有目的地
偶尔停留在朋友圈——我是谁的僵尸，谁又是我的僵尸呢？

2019 年 6 月 19 日

观看一场喜剧

音乐过于缓慢，逼迫舞者把动作分解
让破绽尽开，如花期过后的枯草滩，满目疮痍

弱音脱拍，使诵者结巴，把献诗读得如悼词
剧场灯灭人散，舞台上的大幕始终敞开，给表演者留下欲望
　的幻想

弹奏音乐的大手，离开琴键、琴弦、鼓槌去了真相屋
舞者、诵者皆如浸泡在防腐剂里的鱼，象征性地挣扎

2019 年 6 月 20 日

掰手指数数

雨水拍打路灯的声音传到十六楼已经很轻了，近乎无
我独自一人，在空无的夏至夜掰手指数数，自明日
白天将要一日比一日缩短多少？

十根手指在计算时无法进位，这是在提醒我：放弃数数
一个声音却又提醒，别假借善词

我常借的善词——站在远处
悄悄地关注给你疼的人，别去打搅她的安静
其实我知道，不以快乐回赠她是我的不道德

我掰手指数数，永远在计算时进不了位
请聪明的人儿偷笑，明天昼就短，这是我送你的快乐

2019 年 6 月 21 日

152

视力之外的眼光

日出日落时分，刺眼的光芒铺展开来

往往把为偷着掩饰泪水而仰起头的人儿逼到大野里，手足
　　无措

天际的那点黑，像隐形之物

人儿啊，他（她）以视力为工具，挑拣出来，用手或脚弄脏

人儿啊，他（她）只能把脑勺上的那点红交给眼光，让其
　　发育

或继续隐匿在光明之中

人儿在大野里，仰头时不仅在看景，也许是止泪

2019 年 6 月 22 日

我是筑墙的人

我以意念选择材料筑墙，筑起矮的、高的，薄薄的、厚厚
  的墙
租借或馈赠给他人使用，比方遮风、挡雨、取暖、乘凉

我的意念在墙的某处也开了口子，送一两个灵魂
去荷塘或街市，也可以去江河或山峰

任凭他们诵经或育出婴儿啼哭，我贴在墙壁上，如挂件
歪着嘴，不笑也不哭

2019 年 6 月 23 日

154

盛大的午场过后，我问……

我和诗友看《追鹰日记》，是午场，是我俩的专场，如此
　盛大
我喝着她带来的酥油茶，听她随着影片中的山洪、雪崩发出
　的惊呼

她，跟着剧情，祈祷
飞翔过阿尔卑斯山峰的鹰，落到男孩的手臂上，或者别的
　什么
我，后半场只在想，雪山和光明是宽广的，可灾难侵袭时
鹰妈妈把鹰弟弟推下深渊腾窝的过程

诗友读片尾字幕时，我突兀地问她：
如果我有能力把山涧的底翻过来，鹰妈妈会推哥哥还是
　弟弟？

2019 年 6 月 23 日

如此长夜

园丁推着割草机轰鸣而来，这声音在我的耳鼓里住下了
它是一个多动的伙伴，时常让我从梦境中惊醒

如此长夜，我避开邻居家马桶的抽水声，清点碎草屑的
　味道
如此长夜，我把刚才梦中陪孩童的蛇养成蟒，让他们结队从
　水里跳过龙门

这多动的伙伴呀，把我的耳鼓当作更钟
在如此长夜，它敲着钟给龙门额上的孩童说：防着点儿什么

2019 年 6 月 26 日

盛接遥远的美好是件坏事情

姐姐黑夜来到我的床前说，盛接遥远的美好是件坏事情

我就想问她，那在近旁却盛不住的美好如何？
可她走了，像几十年前把我扔在尘土上一样走得匆忙和决绝

我猜想，这些年她在地下还是天上，怎么就能
看见我犯困惑的小脑筋疼得不行呢？

我还想讨要姐姐的偏方——拿着针
挑破我额头上的皮肤，使劲挤出"黑血"的那种久远的疼。
　姐姐——

2019 年 7 月 1 日

图腾

晨起，我靠在碑石上朝向暖阳假寐，遮光的眼皮底下播送
　影像——
"我的上辈人在枯黄六月迁徙时，把嘴里
将要喝下的最后一口水浇灌给了骷髅缝隙里的禾苗"

这是传说，爷爷的爷爷浇灌完禾苗后用身体埋葬了骷髅
禾苗的影子落下，大地干净

2019 年 7 月 3 日

没有独属的罪供你遗忘

我生活着，便伸手取下光、水、云、露，以及食物的赐予

挥霍，然后把罪遗忘，再次取拿赐予

日复一日，惯性中法缘赐予我独属的孩童笑也就被挥霍掉了

伸手取拿，努力了三百六十五天，法缘如石

我向罪打问。它歪着嘴巴说，没有独属的罪供你遗忘

2019 年 7 月 4 日

"转艳"[①]

我从山里来，坐在十字路口左右张望
红裤子、黄衣衫、绿帽子，飘过我习惯看云朵的眼睛
如生漆的"转艳"

我就不由得比画着握刀割漆的手势，比画着收获漆汁的手势
不巧，红灯使刺鼻的香水或胸垫呆滞在我比画割漆的刀锋上
让众多耳朵听见慈悲的撕裂声，云朵的撕裂声

2019 年 7 月 7 日

---

① **转艳**：生漆采割时为乳白色，接触空气后，逐渐变为蛋黄色，栗壳色，
深棕色，最后变成黑褐色，这个过程俗称"转艳"。

暴雨，杀手

厚云和大地闭合得，余下的一点缝隙，如恶嘴
无限度地吐出破裂的风

我隔着玻璃窗，感知到牙齿划破舌苔的伤痕
血往外涌，像冷面杀手在奔跑，跟踪着群山在奔跑

它们的脚步声传来话，有一只秃鹫蹲在某处
伺机占领天下。而我
仅看见暴雨裹挟着冰雹砸向父兄的苹果园，父兄如暴雨的
　泪水

2019 年 7 月 12 日

偷懒的邮差

我坐在屋檐下，一杯酒、一个桃做伴
想象邮差将会怎样把远方朋友的信函递到我的手中

雨飘落，给我的想象增加了细节：如何
用衣衫把函封里的两册诗札包裹
让它干爽如爱情

实际上，我是在想把诗札放置在国家的红光上
和细雨中的花儿一样，盛开天下

这样的灵感，来自偷懒的邮差
他的迟到，使我
有足够的时间寻找到国家红光上适合放置诗札的位置

2019 年 7 月 18 日

鲸落

海底是黑暗的。鲸从升，从落
皆于此

黑暗给一个裂口，让鲸升
便是为黑暗贡献了——哺育喧哗，哺育抔土，哺育孤岛，如
　此百年

某君，祈神时诵出"鲸落"
我俯身问尘：我身入土为何物？

2019 年 7 月 26 日

邻居

近日，我每天早晨向窗外张望
几只蜜蜂在窗檐下筑巢，太阳染红云朵

看着欲坠的蜂蜡，奶白色的诱惑蜡，总想伸手掠摘下来
我知道每只蜜蜂都有蜇人的毒刺

看着还未竣工的蜂巢犹如倒挂的莲蓬，我和我讨论——
对于一只蜜蜂，十六楼到地面，是不是深渊？我是说
翅膀上负有我眼光之重的那只蜜蜂

今早，我大声询问：喂，你们谁是王？
请和我握一下手，互问早安。这声音惊落了一粒蜂蜡

看着蜡花盛开在窗台上，我再次和我讨论——
那花，是蜜还是毒？我对我说，那是又一位新邻居

2019 年 7 月 29 日

七夕，岔气

中央广场稠密的人群擦着我的左肩或右肩经过时，他们
留下体味在气流里

这些热烈的陌生体味混合着高原强烈的紫外线
包裹着我，在收缩

收缩的逼迫，让我岔气，让我右胸下大面积疼痛，让我
像误入西伯利亚古荒野，守泥泞一方

2019 年 8 月 9 日

渐变

日暮至。银红色的云渐变成银白、银黑
我厮守的肋软骨疼渐变成空白时间段里女子清洗不洁疼

女子，女子，抵达黄河入海口的女子
清洗如含糖，至灵物入殓的那一天

2019 年 8 月 10 日

交换耳温

庭院里一尊旧雕像的眼睛上住着只蝴蝶
它是栖息，还是对视？

我和伴友静观事件的关系，良久，光、影子、风的交替介入
构成了新的关系——我们，他们

这样的时间，伴友静默，我静默
我们的耳温在穿过雕像的蝴蝶的目光下繁忙地互换

2019 年 8 月 12 日

空幻——

头顶上的旧吸顶灯散发着灰光
平躺在木炕上浮肋疼痛的病友，止疼、消炎，嗜睡、
　空幻——

桨叶上沾的水珠，正在穿透海面——毁坏或新建海的形状
水珠穿越海面的洞，像一条道路，供病友把自己卖给无终点
　的善爱

2019 年 8 月 16 日

等待处方药

七夕前夜，孤独如多枚针，扎在宿醉诗人的浮肋上

此疼，牵扯腰脊，牵连心脏
此疼，等待着处方药，可是预约的医师游走在他方

宿醉的诗人偶尔也睁眼，在某夜，看见
拥挤在为他人庆生欢笑中的女子，以脸面背后为场搭建祭夫
　的堂子

诗人按住浮肋，与大夜站在堂子旁，请女子
靠着依恋大地的石墙
把在她手掌上觅过食的鸽子送回给越过河山的飞翔

2019 年 8 月 24 日

燎泡

某年初冬，在黄河碛口码头的深夜

我想好了，向旧日的商贾讨要点银钱赎回典当给水面的亮

  光，可是

过往的邪风关闭了当铺的门

我的惆怅和关门的吡当声如毒出胗——下唇生出燎泡

  从此

燎泡似赶花期，在十多个初冬盛大绽开。今年春天

我家孩童误入那当铺之门，我的燎泡返季绽放溃烂成积淖

2019 年 8 月 31 日

西安桃园南路 118 号

雨夜谈论中秋月仅是象征

已经下了多日的雨，时急时缓地还在下着。我临河
从耳朵里放出一条虫子，试图咬破漆黑，坐在如织锦的雨
　丝上

漆黑固若皇城，仅留雨珠打破河水的轰隆声这点破绽
供我幻想：孩童在右旁
以雨丝为轨道，翻越厚云取下中秋的月亮光光

我抬手叩皇城的门环，拟先贤屈原《天问》那样提一些问题
可我的手
和漆黑混在一起，似乎是印刷工艺里为更黑而添加的蓝

——黑里面的蓝，如同失效色，如同雨夜谈论中秋月仅是
　象征

2019 年 9 月 13 日（中秋节）

在罗江大井村

蜀地的秋阳里，适宜散步，适宜寻访
适宜让身体上沾满疲倦的诗人，坐在闲置很久的石槽上
如同刚生长的植物，如同槽里春天萌生的窄叶棕竹
仅为摇摆，无所事事地摇摆

三步之远的老妇人，仰头
似承接天蓝，似把脸上纹壑里溢出的微笑传给谁
还有两枚核桃，还有一副旧门闩传给谁
他乡的疲倦身体，固执地缩在"贵妃枣"核里享受着传递中
　　的温热

2019 年 10 月 3 日

西安桃园南路 118 号

五丁谷，五丁

诗人倚靠在五丁谷村①的金桂树干上，歇憩，也动员脑仁

从虫洞里把两千三百年的时间缺口请出

与金桂花冠合瓣齐声喊：五丁……

五丁呀，磨损了名字的甲、乙、丙、丁、戊五个开山辟道的

　　大力圣人

坐回"金牛"道边，听歌谣

那幸福喉咙的元音，在高速列车上被人民传唱

2019 年 10 月 3 日

西安桃园南路 118 号

---

① 五丁谷村：取自"五丁开山"的传说。蜀国五个有排山倒海之力的著名

　　大力士，叫五丁力士，蜀王派他们开山辟路，修筑金牛古道。

血坟上的青草摇曳

金牛古驿道正中有一条凹槽，据说是独轮车辙

诗人却分明感到那是血的甬道

躲在队伍末，诗人面朝东方静立在鹿头山脊

迎接左旁的秦岭，以及

秦岭正在遗忘的两千里蜀道

为庞统血染的土筑的"血坟"默哀

刘备筑坟，刘备目睹血在甬道里汹涌

诗人和坟上摇曳的青草和飞行器，观察大地上的祥和

2019 年 10 月 3 日

西安桃园南路 118 号

"水退石头在"

诗人啊

在古蜀地遗址戴过仿制的金面具，听过巫咒

在罗江新农村巷道的铺路石上诵读民谣：

好人说不坏，水退石头在

2019 年 10 月 4 日

太白山印象锦程酒店 512 房

范家院子

偌大的广场上，诗人与范仲淹的塑像
目送一群人跨过厚实的石门槛入范家院子

诗人仰头请范公——
允许把他此刻的柔眼光带上高速列车穿过秦岭腹腔
沿大地阶梯到某座城寨遗址旁
送一送善或恶的灵魂去他应该去的脏角落或净天空

领队在范家院子的大门里用小喇叭喊：那位，请跟上了
诗人低下头时看见不远处正在更换汽车轮胎的修理工，以及
他头上冒的热气和身旁欢喜的顽童

2019 年 10 月 4 日
太白山印象锦程酒店 512 房

在泸州，等待春天

在沱江入长江的口岸，北方诗人看见艳红的美人蕉
想起前几日靠近渭河的水泽里凋零的荷，同行的友伴
以及再力花叶面挂霜，迎接寒露节

在这里，诗人伸手触摸美人蕉，是想带走几滴佛祖脚趾
  的血①
等待春天，给友伴，给从泥泽里长出的荷、长出的再力花

2019 年 10 月 8 日

泸州巨洋国际大饭店 1706 房

---

① 依照佛教的说法，美人蕉是由佛祖脚趾流出的血变成的。

诗人啊，你的大船呢？

这夜，诗人看见对岸窗户投下的光，似乎在割断
沱江入长江的去路

这夜，诗人不关心江水的凶险，只顾顺着光
去寻找窗户里坚硬或柔软的人儿
商讨借点什么去交换身旁游伴留有酒香的手温

这夜，江的口岸酒醉了，游伴开了佛光的手链像缆索
诗人啊，你的大船呢？

2019 年 10 月 10 日
泸州巨洋国际大饭店 1706 房

飞翔之幻

在飞机上，乘务员播报：现在是1时20分，霜降来临
我便朝舷窗外的无缝密云说——
霜降了，你让背后生长的树送些黄叶来覆盖单薄的梦吧

可是梦，倔强、狰狞地在机翼上舞蹈，扮作天使
我知道，无缝密云是在等待秋刀子来访，哪怕是风捎来刀子
　的气息
它便做空

飞机遇到强气流颠簸，我担心舞蹈的梦会从机翼上滑落
如果那样，我将再仇视谁？我呀
如此无耻之幻，怎么给秋刀子的刃口交代呢？

2019 年 10 月 24 日

蔑视

很久以前至今，睡眠里总是碰见已故的亲人们和走散的朋
　友们
他们匆忙，他们缓慢，他们共同面无表情地蔑视我

无表情的蔑视扎进脑子里，便如白垩纪存留下来的石头
不去风化

醒来后我思考良久，觉得这样也好
今至很久以后，全无表情了便不会再有讨好和哀怨的麻烦

2019 年 11 月 6 日

西安桃园南路 118 号

丢失的现实

笇笪在摇晃，有冬光和白鹭的影子一同落下来
湖等待的冰面还没有来，所以
水似乎没有裂疼感。没有吗？昨晚宿醉的糨糊大脑在追问

笇笪的叶子摇过来，冬光和白鹭的影子丢失了
追问丢了没？

2019 年 11 月 12 日

厦门金雁酒店 1201 房

烤太阳 ①

云南来的农村青年在厦门的海边"烤太阳"
也听见两位女士在讨论：鸟飞翔，鸟的骨头是空心的

这青年陷入沉思，其实他是在想
以何种方式咨询这两位女士：
怎么样才能借到个钻子，把自己的骨头打成空心？

2019 年 11 月 13 日

厦门金雁酒店 1201 房

---

① 烤太阳：云南土语，冬天晒太阳取暖。

象征性地牵住裙角

厦门的夜风有点凉意，我在海边
坐在四年前坐过的椅子上，闭眼睛，一个巨大的虫洞
在眼窝里出现

洞壁以螺旋状快速移动：被撕裂的我在前进？将要坍塌的洞
　　在倒退？
这已经不是要知晓的问题了，唯感知到洞外的手
象征性地牵住红裙角，拦挡海潮浸湿我抚摸过的脚踝骨

2019 年 11 月 21 日

石头积馀堂

我的孤门你何必敲响？

母亲生我喊出最后一声阵痛时，父亲便用钢口很好的剪刀
剪断了我的脐带

父亲是北方小镇上的居民
他一定没有见过
放风筝的人儿手捉断线仰望空空天的沮丧
可他知道——
把孩子的半截儿脐带和胎衣埋进大地深处，是掩藏，是解开
　　系绊

昨天，我身上沾着异乡的灰尘
向年迈的父亲
讨要埋葬我半截儿脐带和胎衣的大地

可他却说——

你乘坐国际航班的登机牌上不会留下我的指纹，我的孤门你
何必敲响？

2019 年 11 月 21 日

石头积馀堂

鼞鼓手

北风肆虐高原的日子，鼞鼓手
看着他踩破厚冰罡起①的黄尘，眼睛发绿

这黄尘呀，像一截骨殖
悬着。鼞鼓手的肩膀有时也很累，可他扛着

打鼞鼓，是鼞鼓手的祭祀
磨损黄尘或者把黄尘遗留在遥远的四方生根

鼞鼓手，鼞鼓手
打破鼞鼓，打破时间，如同种子破壳，在彼岸

2019 年 11 月 26 日

---

① 罡起：渭北方言，刚劲地扬起、冒起。

负利

在北京，在拉上窗帘灯光如炬的会议厅里

我听教授讲几个国家"负利"的案例时，不由得颤抖着
  问心：

远在两千里之外八十有六的父母不会知道这个词吧？

2019 年 11 月 30 日

首都机场 1 号航站楼 A4 候机口

初雪。黄河及河西岸

行侣把眼光从舷窗扔出去，让眼睛闭合，冥想
不管不顾的阳光，舔舐着初雪及雪下的黄河雪下的河西褶皱

行侣，以飞机掠过的天空为庙，敲碎心中的经文
肥沃太阳黑子的后背。他邻座妩媚的女子是另一个黑子

2019 年 12 月 7 日

石头积馀堂

呢喃

父亲在故乡，我在异乡

从此，我从异乡回故乡如同去另一个异乡：匆忙、飘忽

将要冬至，我坐在从窗户照进来的暖阳下

看父亲铰脚指甲。指甲蜡黄、变形、硬厚，如十块化石

我试图帮助他，我拿剪刀的手不知道怎么剪下去

唯能干坐着，听父亲只要醒着就不停的呢喃声

伴着脚指甲的断裂声，如大吕

2019 年 12 月 11 日

石头积馀堂

烈士脸上诞生的水泡

我在老宅子里睡午觉，遇见大雨在烈士脸上溅起的水泡
一个一个，冒起、破裂

那刻，我的眼睛
像尸袋，可收不起水泡的遗体和烈士的未暝之目

此刻，我在怨恨老宅子
为何要让我再见到烈士脸上诞生的水泡？

2019 年 12 月 11 日

石头积馀堂

"鸡娃子雪"

我在火炉边烤馍，母亲隔窗说：哟，看，鸡娃子雪

我知道，"鸡娃子"是母亲夸张地说雪花的大

说雪花的丛拥

我不应母亲的喊声，是在想过世的奶奶

每逢这样的天气，她便会说：

站到院子里去，让"鸡娃子"把你身上的垢秽啄了

2019 年 12 月 15 日

石头积馀堂

青衣，青衣

—— 题照片《孤独的旅者》

今夜，北方清冷，等待着雪或者风

我拥火炉而坐，看着南方传来的照片，看着青衣

青衣在询问冬阳，何以不阻止风，赶着海浪

把跟随她的北方影子惊吓

而鞋子，一双鞋子似欲翔的白鸥

向着海上广大的天。青衣，青衣，如标灯守着海的心

2019 年 12 月 16 日

石头积馀堂

海石在玉化着

海水、云朵、沙床，偶尔被些许的气息暗示：分点什么
如海石的心给青衣

我清楚地知道，坐在柴环①上的青衣
来了，是受柴环的搭建者之约，为世界的缺失补充美质

我也知道，海里的石头依然在玉化
为青衣，也许更是单纯为海石本身建设的一个意象世界

2019 年 12 月 19 日

---

① 柴环：用柴编织供海边行人休息玩耍的吊环。

一些具体的事情

在不太寒冷的冬天，河冰消融、凝结

勾引我想起三十年前

枪子、炮弹堆里的一些人的嘴艰难地张开、闭合，而发不出
　声音

我这样子想着，就总会以友谊为借口把一些事情

交给朋友，像扶青年上马的苦役

然后等待着嘴无声地张开、闭合。其实我并不喜欢这项嘴部
　运动

2019 年 12 月 21 日

太阳从海里生长出来是嫩红的

空港酒店里，机长、空姐拉着行李箱在穿梭着
他们落地或将要出港

站在池塘旁撒落鱼粮的姑娘，很是随意
像大厅里的一个摆件

旅人隐藏在华表的倒影里
如同置身于海，想知道
明天（元旦）的太阳从海里生长出来的过程

其实，旅人是想分拣出身上逆生长的尘世事物
如同让海水刮下鱼儿的逆鳞一般
拿去，剩下某位机长或空姐看见太阳从海里生长出来的嫩红

2019 年 12 月 31 日

枯雪

除夕夜，细风、河冰以及我
守在山峦之巅，仅为听一听枯雪崩裂的轰隆声

其实，已经塌陷的枯雪
很是安静，如热疫刮过的社区，唯有残息

如此安静
如此，我寻思——寓言也许开始——暗夜雪红

——好像有血，在枯雪上结痂
——好像我语，在皇帝的身上

2020 年 1 月 24 日

秋后的事情谁知道

庚子年正月初六，我
开手机，上办公楼，还好，我活着

在这里要说的是，我是一个懦弱的人
除夕，逐个给亲人用电话或者微信拜年，然后
关机，虚拟逃遁。以为这样

我不用虚假地、频繁地说出：过年好
病毒也就会销声匿迹

逃遁的日子，我翻开过三本书，面对文字
不是想去阅读，而是在尝试着面壁听回声

是谁在说——
你的虚拟逃遁，便是在时间这把刀子上舞蹈
你的诗人朋友，赞美些什么或口污些什么，也是
踩在时间这把刀子上等待秋天

我在说——

祷词无背面，秋后的事情谁知道

戴上口罩吧，也许很可爱

2020 年 1 月 31 日

凤凰的翅膀

昨日，立春节令将至，雪飘了一天，没有染白黄土山峁

今日，艳阳高悬，我的眼睛，不争气的眼睛，在凤凰网上看
见：镜头下的武汉

如同看见铅灰色光晕里的月亮，在恐惧地坠向遥远

凤凰的翅膀呀，你飞过，何必要划破光晕，让月亮失去重力
呢？还有我的天使

2020 年 2 月 2 日

拉链里的卡通世界

立春刚过，破碎的阳光裹着雪，纷乱

缓慢行走的中年男人，伸了伸手，没能接住雪
但脚下打滑了，他跌倒，他躺在地上

碎阳光切开天空，一缕一缕的，像很多张嘴
说着什么呢？中年男人失聪了，他只能看见自己的手
在努力地捏合阳光切开的嘴。可他失败了

其实，这不是捏合嘴，是在寻找另一只手——
拉他起来的手。可是，庚子年的春天，城市空旷，手消匿
他是失败的

中年男人躺在地上，结冰的地面有点虚

2020 年 2 月 10 日

去大海或不远处的岸边

初春，土地还未解冻。这样就好，河水没有裹挟泥沙，净如镜
我朝向它，我把肮脏的脸递给它。我所给的，它都还给我的
　眼睛

我呀，贪婪地在河面上照着脏脸临摹脏脸
寻思着镂空哪滴水，它会把脏脸带走。去大海或不远处的岸
　边都行

如此，没有影子的尾随，便可以空洞洞地
焚烧一些东西，比如：脸，心。再如：思想，行为

还有什么呢？
这得好好琢磨，我搭乘过的列车在口罩里不能友善地提示

那只好，把我看见的疮口和玫瑰，折叠成纸飞机
放在河边岩壁的裂口上

2020 年 2 月 29 日

惊蛰日

惊蛰日北方的阳光很好，我戴着钢琴演奏家从韩国寄来的口
   罩，等待响雷

夜尽日至，响雷没有来访，我百无聊赖地猜：响雷也是孤独
   的，孤独是罪

2020 年 3 月 6 日

暮春的四月

暮春的四月。西北才刚刚水红地盛开榆叶梅。我
从南边苍鹰的阵列里寻找姑娘

梅下一把老椅子，我坐在上面剥落卷起的漆皮
如同剥落庚子初的凌乱，以此来掩盖、等待

寒流又莅临。我还在烦乱的心儿
停在口罩之上，问——

苍老的鹰掠过天空的哨音，可是长安，或金陵的
颂词？

2020 年 4 月 1 日

向南或向北

最近，我口腔里的水汪洋恣肆
堵塞喉头

这面湖泊上
有一根无名指抚过破裂的相框，留下血

我噙着手指和血，等待
一个婚嫁日

丁字路口，黄铜钟
指环，向南或向北，这是他人的选择

2020 年 4 月 21 日

立夏日的夜半，月亮冰冷

夜半，我和妻子同时惊醒，盘腿相坐在炕上

她喘着气说，梦里，你是罪人，你的朋友都微笑着这么说
我哽咽着说，梦里，我是罪人，我的朋友都微笑着这么说
儿子在隔壁说，你俩睡梦中怎么异口同声喊那个名字？

此时，庚子立夏日的夜半，月亮冰冷，我的皮肤很紧

2020 年 5 月 5 日

五月初五，在故乡

晨起，我在故乡空旷的广场上犯傻
蜘蛛以我的脸为支骨织网。此刻，我的眼光很短
看不见网的那边

我本能地抬起手捉蜘蛛，可是
唯有众多雉鸡鸣叫着忽远忽近，从暖阳里
唤出血滴

故乡呀，你的艾虎，你的艾草，你的雄黄酒
依然在我的四神聪穴上。为何，你患痫症的血蜘蛛
也来，蹲在我的鼻梁上？

以蜘网的透明焚玻璃的透亮，以及……

2020 年 6 月 25 日

石头积馀堂

这喊声，从此寂静

最近雨水很多
总是在没有闪电、没有虎雷的前兆中落下

这雨水呀，很是顽皮，如远方
某位未曾谋面的诗人，喊：
属猴是男猴子啦。男猴子，如此喊了我十三年

这喊声，耕在我的耳膜上，有种子萌裂的愉悦
很是丰富

这雨水呀，很是顽皮，如他人
用泥土捏造谣言：
男猴子，诗人不再如此喊你。她不把简陋的墓穴里的声音传
　给你

这喊声，轰鸣在我的耳鼓上。我说：
诗人，回赠你：女猴子

2020 年 8 月 17 日

地平线

在古塬，地平线上的某人，某鸟，某兽

如我，瞭望他们的地平线，瞭望天和地挤压的酷刑。我这个

   受刑的人儿

无力恭迎和目送过往的光，以及风裹挟的附灵的土

2020 年 8 月 21 日

石头积馀堂

接听电话

在延安，接听朋友从北京打来的电话
确认庚子年诗歌里的两个名词

——甄家湾，陕北大山皱褶里的村子
——小海，农民父亲给孩子托付梦想的名字

我的同事在驻村，深秋指着玉米地，说——
那是小海，刚从大连回来

西服，布鞋，黄玉米，山岗
一帧画的材料，萦绕在我的脑海

年过年至，时间如梭
画布上的色块还在继续添加

驻村的同事在分发全家福，小海也在
他带来的画家也在

他们悄声谈话，提到牛、鸡、猪，以及飞机、高铁

他们在石头窑洞里

接听电话，我瞭望窗外被雪覆盖的延河

借明年的阳光，让甄家湾萌生玉米的胚芽

2020 年 12 月 25 日

雕塑泥

在窑口的烈火旁，我捏着雕塑泥
不知道怎么弄的，泥坯子总是黏着手，成不了型

——"磨短了的高跟鞋在月台上等待着驶入的列车"
——"哽咽声，撕破腊八节前夜的飓风，熬进粥里"

我知道，窑膛里的火不会长久地旺燃，错了时
雕塑泥只能是泥

——"高跟鞋里的脚寄放在陌生的匆忙的人流里"
——"哽咽粥移给寺庙中充当尘埃里众生的舍饭"

我知道，干枯的坯子等待着液体——水或者油
飓风悬着帮助把情人的眼泪结成冰

2021 年 2 月 2 日

颂词（一）

暮闭。晨启

我看见，长者沐手焚香，孩童点燃炮仗
我听见，坐落在荒野的楼宇里，异乡人叙述家的担子

我请药师，开出罂粟的处方，治病或者下毒
我请巫师，念咒语，为尘埃里的善言平茬或者使其分蘖

我借他口，和当空的影子辩论，他有夜晚背面的谶语
我借他口，道出思想的沉疴，他的手旁是镶嵌着亲人口头语
　的尺子

庚子终。辛丑始

2021 年 2 月 12 日

颂词（二）

嗨，我栖居在你北侧的大地阶梯之上，招募

合唱的领队

你说，我是领诵者，何必他者？

嗨，群峰簇拥着巴颜喀拉北山之巅的独鹰，等待着

你诵唱的和声

你说，鹰啸仅是伴唱，何必我再伴？

嗨，正月初二，母亲分娩时山岳动了一动

在民间流传着

你说，山岳隆起或沉降，是在为你搭建舞台

嗨，嗨……

2021 年 2 月 13 日

颂词（三）

数羊。不，是在数牛

九十九循环至一，几轮了，数字在口里从不出错

每个数字的尾音，撮口

犹如她和他说阳台上的樱桃花开了时，发"花"音的口型

口呀，合，开：一至九十九的撮口连接

犹如一座木桥，在左岸和右岸之间，右岸不会知晓

明晨，二月十四日，一个友人的生日

他猜想，数字循环的撮口溢满樱桃花瓣，天下将如何盛大

2021 年 2 月 14 日

颂词（四）

婆在搓念珠。爷在拨算珠

童小在唱：弹念珠击碎陈年垢痂，弹算珠击破街巷粪土

婆在搓麻绳。爷在打烟囱

童小在唱：麻绳捆住半夜敲门的鬼，烟囱烧燎早晨封路的霜

婆在掸窗户上的尘。爷在磨大门后的镰

童小在唱：尘呀和上眼泪泥住心，镰呀碰上石头豁了口

婆在铰白纸。爷在糊灯笼

童小在唱：白纸铰的人儿远了殁了，灯笼照的亮光热了炕头

婆呢？爷呢？

童小在唱：骑上纸马跑旱船，过年祭祖请牌位

2021 年 2 月 15 日

3月28日。沙尘暴

沙粒啸聚在半空，撕裂太阳的容颜

人子呀，大地辽阔，唯能苟且在天的塌方下，偷听——

覆盖了谁的哭号

2021年3月28日

216

窄巷（短诗剧）

[夜虽然已经来临，但并没有覆盖住天空中杂乱的声响。

[外来的光（路灯、窗口灯、闪烁的招牌灯、楼宇的装饰灯、车灯、飞机的灯）挤占着天空，像战略部署一样消减着夜的黑。

[诗人坐在城市的中央，目光从南北、东西中轴线，穿过车流的缝隙，投向不明确的目的地。

农历十月一日夜，游荡在异乡的酒徒
踩着跳神舞的乐点，取暖

无影女，兴高采烈地用手机拍照
取景框里笨态的头
在孝子贤孙送寒衣时用粉笔画圈占领的私地里
枕着纸钱、纸衣的灰烬

子时已到。天上的神，地下的鬼
正在收取亲人送来的祭品。笨态的头不知能否留在人间

〔凌晨五点，梦中朋友的微笑把酒徒挑逗醒。

〔静场。路灯亮着。

不是梦。在似梦似醒之间

酒徒去了车站广场、集市，和隐藏在楼宇里的一间陌生

的房子里

凌乱的床上有争论画稿的美术工作者，也有打吊针的

病人

床头上悬挂着的液体瓶里

漂浮着一层污泥。药水在火柴烧开的黑洞里横流

打湿了被子

这瓶液体是输给谁的？患者呢？

酒徒说，不知道，反正我没有病

〔酒徒反复独语：

公墓里，邻居是陌生人。

公墓以外，朋友间又有几人是熟人？

九月初九上午，诗人站立在拥挤的碑石中

218

听：左三贤子诵经，右四孝女哭诉

两种方言，像是无伴奏的二重唱

唱终。孝女朝东，贤子向西

右四、左三，两块碑石，继续各自直立

〔缺月的北方夜，是孤单的平面黑。

〔诗人无对象交谈。

〔诗人饱浸欲望地轻吟一句话剧台词："我听见了血液在

血管里咔嚓咔嚓的巨响，血液结成了冰，像明镜，照见看不见

的——"

一封虚拟的信

杵立在行人匆忙的街道上

突然想给某位诗人写一封信——

一枚"炸弹"安放在我身体的某个部位

已经定时。我只能在脑子里消耗最后的气力

告诉你：在我生命剩余的日子里

将努力用火柴在雪山上取火

当然也补记下：火柴那颗赤红的头

只不过是自己脑袋的变异物体

请诗人在梦中见火挥手，或流泪

怕臭虫的人如是说

如果说，你是一个怕臭虫的人

那只有一种办法：清扫滋生虫子的菌场

如果说，有人养的菌场专门是为了滋生臭虫

那有另外一种办法：为自己筑起隔离墙

可是，偏偏有些剧场

总是在地板上预留一条供臭虫出入的暗道

那么，你是一个不愿杀生又怕臭虫的人

唯有练习隐身术

外力的阴谋

静止的水，风推动，是穿石的锐器

静止的草，有物体秒速碰撞，自己洞开

我的朋友，训导说：
奔向草。我知道草叶等着吸我的血

杀生的纸

不知名的虫子，爬行在便笺夹上

我把一张旅游宣传彩页，折起，夹住虫子用力地碾压
身边的女诗人双手合十，超度，也许是在诅咒

［无影女。（不出场）
［有隐约的歌声："耳朵能够穿过黑暗，而不是眼睛。"
［一组画在无数次地叠加后，达到最终的混沌黑。如同时
间，为的就是覆盖前边的时间。如同无意识的综合视觉艺术，
变形、改造，形成一种新的艺术生命体。

四野荒芜。有物质收缩内在的力量，聚集在锋芒上
伺机直扎人类最硬的肌肤
而餐桌上，对面的江湖郎中说：

梦见凶猛的动物是得心脏病了

回顾日前梦——

结队向我扑来的凶禽、猛兽

在一条看不见的隔离线前

做飞翔状、奔跑态，僵住

〔虚构的血色的红，或者暴雨过后天空的靛蓝在凝固，像一把钥匙。

〔无影女、诗人、酒徒三人分别在Ａ、Ｂ、Ｃ区独语。

无影女：

从楼群前经过，正好能隔着门窗观察一些人的梦

如同从面具里打捞出的场景和对白——做梦者自己设计的出场顺序、语速和载誉者的荣光

诗人不例外。酒徒不例外

诗人：

请安静。看见了向上的光，是金色的、银色的

可是靠近冰面、水面、地面的底层光全是灰色的啊，如何寻找赞美的词语？

再例如，君子不能在广场放屁，只能堵成结肠炎，让其终身隐痛。这也是不能赞美的

酒徒：

此刻，我在酒糟的世界里——享受着发酵的蒸腾力

酒糟的蒸腾力，像一只手，引导我说出，刻在一段白骨上不道德的事略来

道德家说，酒后无德之人，不可交。我便是无德之人

虽然，秩序和铁律，如同上帝的永罚，颁布了免责的要件。又如，图腾里的人面兽身；戏剧里的阴阳变脸

可我，"现实"的君子，自我遗弃，注定孤独

［静场。灭灯。晨光出。万种杂音响起。

［无影女：酒徒的这颗笨态的头，在时钟行走到子时，在别人占领的私地，真诚地失德。

［酒徒：列车已从始发站驶出，我将要做回过客。

城市轻轨上，后排的男人用微信语音商议调运车辆。

前排的女人在电话上咨询信用卡扣款的明细。

两个声音混成一根棍子，在宿醉的酒徒的脑袋里搅啊搅。一团糨糊，如洪水来临的前期。

无影女有点得意——

她看见，酒徒在酒糟的帮助下，脱去"现实"的伪装服

他赤裸着。他在表达爱和恨。他在伤害着爱的人，恨的人

无影女窃喜——

她知道，酒徒对子时这两个小时，将要失去记忆

他失忆，便是虚伪，便是胆小的坏人

从此，酒徒的歉意与他表达对象的憎恨

构成一个小世界。看似世间太平，却心生罅隙

　　[诗人：我便是昨夜的酒徒。午后，有人在电话里恢
复我失忆的场景。酒后失忆，似乎是一个磨损品质的巨大
辩解。

　　好吧，真实的辩解。

　　诗人啊，你的灵魂在失忆中，已经被收取祭品的神和鬼
拿走

　　唯留下躯干，向"私地主人"宣读致歉信

　　也纠正一个永远没有原谅的虚伪错误。如此，从窄巷走
向你归零的悼词

〔是啊，诗人，你的悼词由一位医生装在了病历袋里。其实，他已经在迫切地等待着宣读。

酒徒，从政治生活与灵魂生活里，走进神经病区
认真端详着护士小姐给他佩戴的手腕识别带

医生说：
酒的精气，让你的恶根表现得淋漓尽致。淋漓中你就
是一个小丑——话语骄傲，行为充满劣性，像挣脱制度的野
蛮人
亲人宽容地微笑，朋友仁慈地鄙视

医生又说：
你的病，科学名称是：短暂性脑缺血
从偶发失忆、肢体功能缺失开始，继而半身不遂，瘫痪，
死亡

酒徒看着手腕识别带，呆滞，如木雕泥塑，也如诗人，
静听，中年的血管里流过苍老的血液，回声迟钝

2018 年 1 月 12 日

按住痛点写诗

——关于《二十一克红色》的写作说明

诗人有固执的一面，所以任何修正都是一个漫长的过程。比如我，好多年来有写史诗的意愿，所以对任何诗意因子的反应都是考量如何构思长诗或组诗。2016 年年尾至 2017 年年首，我在鲁迅文学院中青年作家高研班首届诗歌班学习了两个月，交流中学友们就非常不以为然。他们各自以理论学养和写作经验谈论对诗歌的认识，说：历史的小边角有需要歌颂的，它们也是诗啊。我接受他们的批评，并记在脑子里带回延安，开始修正以往的写作策略。正因此，才有了这卷《二十一克红色》短诗札。

短诗札，不是鸡零狗碎的拼凑，而是诗人在美学和哲学的整体构建中，取其置身其间的生活（思想）中的某些片段进行诗学表达。这样言说，是我反对"文学创作碎片化时代"的提法。时代，是时间史里的一个阶段，它应该是一个线形的复杂、多样、整体的构成。社会学者认为，时下是一个碎片化时代，是对工业革命后的集约化特征与互联网二次革命后产生的大量凌乱的、无关联的碎片特征之比较得出的特征的"代称"。"文学创作碎片化时代"亦来源于此。

"碎片化时代"这一代称，就现象而言，其实是指所接受信息来源的问题，信息大量通过网络快捷地发布，推送的页面频繁更换，因而传递给受众的是"块状"资讯，这样便有了不可存档的断裂性。无限断裂，可能就是学者所称的碎片吧。

在这里，我提及一句古话："大海里捞针。"如果把这句话移植过来，在网络海量的储存物中，应该如何才能看见某或某？这是一个方法论的问题，就像不能简单地把海称为碎片，也不能把海里、海床上的沙粒称为海的碎片。因此说，在进行"碎片化"写作的写作者，是没有真正置身于大海（时代），而是有意或无意地撕碎了身边的生活，才导致了写作的碎片化状态。我把这称为琐碎写作。

为此，我有必要把写下这些作品的缘由交代一下：

一、写给用疼为我送来快乐的朋友

2019 年 5 月 31 日，同事阎小星七拐八绕帮我领回了由退伍军人事务部监制、陕西省人民政府颁发的"光荣之家"牌匾。我把牌匾放在书架上，端详许久，然后认真地敬了个礼。

这时候，我这个曾在中国南部参战的退伍老兵，想起了一些亡灵。在代号为"北虎行动"的战斗中，我在卫生所目睹了 14 名战士的遗体被收进烈士袋，45 名伤残战士随后被运回。目睹的这一切把我彻底打击成了一个胆怯的人。后来，我和团侦察连的同乡战友张忠录（在这次战斗中荣立一等功）相互搀扶着在路边来回走动，这是在驱赶自己内心的恐惧。回忆往事，翻出一枚珍藏的"北虎行动"臂章，这也是我从战场上带回家的唯一沾血的物品。此刻，我变得有点痴傻。但我知道，已经伴随我二十多年的"胆怯疼"，它会伴我终老的。

我始终认为，在现实生活中，记住疼就寻找到了幸福。基于此，我写诗时总是会按住痛点去表达，而逃避快乐（说实话，快乐来了也不知道怎么守护，构成了另外一种疼），这样也就伤害了众多朋友和读者。虽然在诗里也在不断地致歉，可那又能怎么样呢？已经造成了伤害。

我思考"胆怯疼"的过程，也是思考写诗的意义的过程。在这样的思考中，我喜欢用长诗或组诗表达对世界的理解，对他人的理解。为了确保表达的准确性——一个意象，我经常查读自然科学、社会科学和历史典籍等，发现古人使用的一些名词，用今天的话无法准确表达，只能用原词做意象。这就出现了一个问题：晦涩。我也曾试图把这些意象置换掉，试了试，不行。这就是我过去在一篇论文里所说的名词实指的问题。

近几年，我在以陕甘革命根据地为背景写作"红色四重奏"（编年体、非虚构、虚构、诗意等文本），客观上因为精力所限，减少了长诗（组诗）的写作量，也是为了实践以上所说的修正的写作策略——尽量多地写作短诗。

我以为，短诗也是在用意象叙述故事，每一首诗都是因一个或一组人物（请来送疼的人物）而写，就像这些短诗札，一部分是在我因为身体（也有思想）的原因（也与朋友有关联），体重下降了11公斤的时间段里写的。身体减少了赘肉，诗缩减了体量，"胆怯疼"却在持续。如此，这卷短诗札就更加明显地带有痛点了。于我，写作的痛点源主要有以下几个方面：1.社会事件所引发的；2.用眼睛发现的别人的；3.为了快乐邀请朋友带来的（有时我把此痛视为幸福所独有，只有独有的痛点体验，写出的诗才有"我者"的个性品质）。我采取的写作策略主要有：1.压扁庞杂的生活（生命）体验；2.加快了语速；3.使用生活化名词意象强化现代性；4.指向性明确，诗里的人物可以不认领，但他们明白。

二、构建诗学现实

我的生活地陕西，是现实主义文学写作的光荣之地。观察陕西的当代文学丰碑时，以前辈的代表作为例，个人认为，陈忠实是长时段当代作家，《白鹿原》完成了一个大的民族史诗写作；路遥是时段性当代作家，《平凡的世界》完成了一个阶段的国计民生壮丽史实写作；贾平凹是一个参与在时代进程中的当代作家，他的系列作品都是当下社会现实中正在发生的，而可能进入史学的事实。换言之，诗的写作也会反映出时段性，短诗札写作大多是参与式的时代笔记，如果诗人努力在时下的现实（或虚构现实）中摘取出入历史的微孔意象，那就是贡献，也是一个诗人应有的追求。正因此，我对简单写下生活现场（搬运生活现实）或心灵小动机的速写文字（碎片写作）是反对的。

诗对于社会秩序是建设性的，不是破坏性的。这个言说，仅想表达一下个体认为的诗的社会参与功能——诗一旦成为作品，不管是在组织机构的纸质媒介、网络媒介，还是自媒体上发布，只要有写作者之外的一个人阅读，它就是负有社会责任的生命体。这就要求每一个字、词、句、意象、意象组落实在诗里具有准确性、引导性、个体的独立性，并告知所引典故的来源；也要求诗人具备不让污秽的语言、邪恶的思想进入诗中的起码的职业操守；也要求诗人是诚实的人，即使在写作过程中挪用社会现实、臆想现实、知识现实等构建一个诗学现实，这个现实也应该是符合哲学意味的自我思想的真实，从而表现出时代特征。

诗写作是诗人个人的事情，诗作品交给读者就是公众作品。基于此，从动意写诗开始就要预判参与互动的优秀读者。我永远相信不要怕别人读不懂你的诗，只要你写出的文字是字典里收录的，他（她）是识字的人，稍微用一下心就行了。我写诗，正是怀着这么一种认知，就总能在诗里留下门或窗，哪怕是一道小缝隙，让阅读者进出自由，他们也可以运用想象、添加材料进行二度创作，即便是两行的短诗札也如此。

有朋友说，写短诗札有灵感就好，何必如此思考！这也正是我认为自己愚笨的地方——等待过灵感，缪斯女神没有给我太多，倒是博尔赫斯《醒来》中的诗句"光线照进来，我笨拙地／从我自己的梦进入公共的梦"，提醒我"日常的历史也回来了"。写作短诗札就是在"没有记忆的时间"里筛选出心的经历（个体史）铭记，而不是亵渎和戏谑，尤其是对以攻击的方式伤害过自己的心灵。这是对恶与恶相撞后会产生更恶的预防。

以上思考，是我在《二十一克红色》的写作过程中逐步形成的，我知道这是一个有缺点的思考，但它是写作的本色体现。

三、写现实，是对未来的观照

诗写作是对诗人心灵、思想运行轨迹的叙说，这是对的，但必须要有选择。这个挑拣的过程便是炼成诗心的过程，如果用佛家的话说，就是涅槃，等待着飞跃。在这样的认识下，我判断着入诗的材料（把自己生命中的若干个24小时分割、重组），总是用一把无形的剪刀几乎剪尽，所剩无几。有时候，几近于沮丧、崩溃，自问诗为何？自无法回答。我的母亲是一位在新中国成立初期的扫盲班中识了几个字的家庭妇女，我刚懂事的时候老玩堆土游戏，她说，你天天堆黄土，就是一个土包，而且折腾得连草都不长了，还不如把北边山上的石头劈开，用石芯磨一粒珠子，说不定能照亮呢。我后来拿着剪刀选择入诗材料就是按照母亲的训导来完善自我的诗心。

叙说上边的这段话是要说，我个人认为在时下的诗创作环境中，诗和非诗持久而坚毅的抗争是存在的，也是在考验一个诗人的耐心。写至此，我想到了流行词"自拍"和"美颜"。为了避免自己踏入误区，或为了少走弯路，我一度做了件近乎无聊的事情，那就是把几位著名（知名）诗人在媒体上发表（推送）的作品浏览了一遍，发现他们逐渐流行的特点是：1. 就那么几首诗改头换面重复发表。2. 如同自拍，在某地、与某喝酒、送某人，将名词叠加后进行格式化填写或句式移植或依靠旧经验造句，也有稍微高明一点的把神、佛祖、人间、情愫、永恒、舍得等好词搬出来美颜一下。套用我母亲的话说，就是一张丑脸，拍来拍去是在糟蹋这张脸，

涂了点粉彩还是这张脸。我想到月余前的一个诗歌培训班上授课老师们提到的高频词"同质化",如何解决这个问题,交流时我提出过,但没有得到回应。如果我自答的话,会说,不妨试一试粉碎诗写作中的"自拍""美颜"行为,这就是我把这两个词引用到诗观察中的初始想法。这也是我生活在陕西这处现实主义文学的浓荫下,前辈所提示我的:诗歌是社会史的组成部分,担当与承接着时代风貌,是对未来发展的观照,而不是流行中"时尚"的灰烬。

我所说的这些话,仅是自己在诗写作中的理性思考,不一定符合所有人。正因为有这样一个类似于尺子的诗学理性存在,每当写诗前,我会拷问自己是否想清楚了——确定符合尺子要求的,那就写,否则放弃。这个想法,是我在很多地方说过的,在过去的论文里也表达过——难度写作、越过别人、越过自己以往。越不过,也千万不能誊写现有的作品,包括照搬现成的生活。

这些言说是我多年来的诗写作守则,也是我居住在延安一隅养成的诗学性格,显得有点孤僻,但是积习难改。我也在顽固地想,不管诗歌创作环境如何,总得写,不能因噎废食。

四、名词:爱因斯坦-罗森桥

爱因斯坦-罗森桥,又叫作"虫洞",是指宇宙中可能存在的连接两个不同时空的狭窄隧道。它是 20 世纪 30 年代由爱因斯坦及纳森·罗森在研究引力场方程时假设的，他们认为通过虫洞可以做瞬间的空间转移或者时间旅行。

我把这个科学名词引用到献词里，是取"时间旅行"之意。人和人之间的关系如虫洞，它"就像旋涡能够让局部水面跟水底离得更近一样，能够让两个相对距离很远的局部空间瞬间离得很近"。正如同这种瞬间理论，使我和一些因地域遥远或行业有别或兴趣不同等不太可能有交集的人成为瞬间或恒久的朋友，做"时间旅行"——我和他们都行走在爱因斯坦－罗森桥面上。我以为，存在过的友谊（时间旅行）都是美好的，我写诗，献给他们——我的朋友。当然，亲人们陪伴我更久，首先是献给他们。

《窄巷》（短诗剧），是借宿醉诗人之口，以魔幻现实主义的写作手法，对观察到的人与人、人与社会交叉时心态变化的样式的具体呈现，诗里出场的人都是与我在爱因斯坦－罗森桥上一起走过（时间旅行）的朋友，故附在短诗札之后。

这卷短诗札取名"二十一克红色"，是借用邓肯·麦克道高（美国麻省大夫）测量的灵魂的重量。为了验证灵魂是一种可以测量的物质，他特别设计了一种安装了很灵敏的秤的床，测量到一个患结核病的男人在死亡的瞬间轻了二十一